사양

사양

斜 陽

다자이 오사무 컬렉션

2

김승옥 기획

이호철 옮김

열림원

일러두기

1   『사양』은 1947년에 쓰였으며, 번역 대본은 斜陽(角川文庫, 1951)을 사용하였다.
2   본문의 주는 모두 옮긴이 주이다.
3   본문의 방점은 원서를 따랐다.

1

아침에 밥상머리에서 수프를 한 수저 스르륵 드시던 어머
니께서 "아!" 하고 살짝 비명 소리를 내셨다.

"머리칼?"

나는 수프 속에 무언가 들었나보다 생각했다.

"아니."

어머니도 금방 아무 일 없었다는 듯이, 다시 수프 한 숟갈
을 팔랑대듯이 가볍게 입안으로 흘려 넘기시곤, 자연스럽게
고개를 옆으로 돌려 부엌 쪽 창 너머 활짝 피어 있는 산벚꽃
으로 눈길을 주신다. 그렇게 옆으로 고개를 돌린 채 다시 수
프 한 숟갈을 얇은 입술 사이로 팔랑거리며 스르륵 넘기셨
다. 팔랑댄다는 형용은 어머니의 경우엔 결코 과장이 아니
다. 여성 잡지 같은 데 더러 나오는 흔해 빠진 식사 예법과

는 애당초 전혀 다른 식이다. 동생인 나오지(直治)가 언젠가 술 한잔을 마시면서 누나인 나에게 이렇게 말한 적이 있다.

"흔한 작위가 있다고 해서 귀족이라고 할 수는 없는 거야. 작위가 없더라도 천작(天爵)[1]이라는 것을 지니고 있는 훌륭한 귀족인 분들도 있고, 우리처럼 작위는 달고 있지만, 천민에 가까운 것들도 있어. 이와지마(岩島)(나오지의 학교 친구로 백작의 아들) 같은 녀석은, 신주쿠 유곽 손님 꼬시는 녀석들보다도 더 상스러운 것들이지. 요전번에도 야나이(柳井)(역시 나오지의 학교 친구로 자작의 둘째 아들)네 형님 결혼식이라는 데를 가보았는데 떡하니 턱시도라는 걸 입고 들 왔는데 말이야, 도대체 그런 자리에 턱시도를 걸치고 오다니, 원. 그건 그렇다 치더라도, 그런 작자들이 인사말이라고 '그럴 것이옵나이다' 어쩌고 하며 도대체 이상야릇한 말투까지 쓰는데, 먹은 것이 넘어올 지경이더군. 뽐낸다는 것, 그런 것은 품격과는 전혀 관계없는, 천리만리 머나 먼 야비한 허세지. '최고급 하숙집'이라고 적힌 간판이 혼고(本鄕) 근처에 더러 걸려 있는 걸 본 일도 있는데, 사실은 화족(華族) 따위들의 대부분은 최고급 거렁뱅이라고 불러야 옳아. 진짜배기 귀족들은 그 따위 이와지마 같은 것들마냥 촌티나게 뽐내는 짓은 하들 않어. 우리 친척 중에서도 진짜배기

---

[1] 하늘에서 받은 벼슬. 남에게서 존경을 받을 만한 선천적인 덕행을 뜻함.

귀족은 아마 엄마 정도일 거야. 그이만은 진짜야. 아무나 함부로 흉내 낼 수 없는 기품이 분명히 있거든."

수프를 잡숫는 것만 해도 그렇다. 우리는 접시 위로 몸을 약간 구부리고서 숟가락을 옆으로 들어 수프를 떠가지고, 그대로 숟가락을 옆으로 한 채 입 끝까지 갖고 와서 먹는 것인데, 어머니는 왼손 손가락을 가볍게 탁자 가장자리에 얹은 채 상체를 기울이는 일이 없이 얼굴을 반듯이 들고서 접시를 제대로 보시지도 않고, 숟가락을 옆으로 들어 살짝 떠가지고는 마치 제비가 날개 치는 것 같다고나 형용해야 할 정도로 날쌔게, 숟가락을 입과 직각으로 갖고 가선 숟가락 끝으로부터 수프를 입술 사이로 흘려 넘기신다. 그러고선 무심하게 여기저기 딴청 같은 것도 피우시면서 팔랑팔랑, 흡사 조그만 날개처럼 숟가락을 다루시며 수프 한 방울도 떨어뜨리는 법이 없을뿐더러 들이마시는 소리도 숟가락이 접시에 닿는 소리도 내지 않으신다. 그것은 소위 정식 예법의 식사법은 아니지마는 내 눈에는 꽤나 귀엽고, 또한 그런 것이어야만 진짜 같아 보인다. 그리고 실제로 수프란 몸을 구부려서 숟가락을 옆으로 들고 먹는 것보다는 상반신을 펴고 숟가락 끝으로 입에다 흘려 넘기듯이 먹는 것이 이상하게도 맛있는 법이다. 그런데 나는 나오지 말마따나 최고급 거렁뱅이기 때문에 어머니처럼 그렇게 경쾌한 솜씨로 숟가락을 다룰 수가 없고, 할 수 없이 접시 위로 몸을 구부린 채 소위 정식 예법대로 음울한 모습으로 먹을 수밖에 없는 것이다.

수프뿐만 아니라 어머니가 식사하시는 것은 거의가 다 본래의 예법과는 어긋난다. 고기가 나오면 나이프와 포크로 미리 다 잘라놓고는 나이프를 치우고 포크를 오른손으로 옮겨 쥐고서 그 한 조각 한 조각을 포크로 찍어서 유유히 즐거운 듯이 잡수시는 것이다. 그리고 뼈가 붙은 치킨 같은 것도 우리가 접시 소리를 내지 않으면서 뼈와 살을 가르느라고 애를 쓰고 있을 때 어머니는 예사롭게 손가락으로 뼈 있는 쪽을 집어 들고 입으로 뼈와 살을 갈라서 잡수시면서 시치미를 떼신다. 그렇게 촌스러운 짓도 어머니가 하시면 귀엽고 천연덕스러울 뿐만 아니라, 야릇하게도 에로틱하게 보이니 과연 진짜는 다르달밖에. 치킨의 경우뿐만 아니라 어머니는 가끔 점심의 햄이나 소시지 같은 것도 냉큼 손가락으로 집어 들고서 잡수실 때가 있다.

"주먹밥이 왜 맛있는지 아니? 그것은 사람의 손가락으로 쥐어서 만들기 때문이란다." 하고 말씀하셨던 일도 있다.

참말로 손으로 먹으면 맛있는 것이라고 나도 생각할 때는 있지만 나 같은 최고급 거렁뱅이가 섣불리 흉내 내어 그런 짓을 했다가는 그야말로 진짜 거지꼴이 될 것만 같아 참고 있다.

동생인 나오지조차 어머니에게는 못 당하겠다고 지껄이

고도 있지만 나도 어머니 흉내는 도무지 어렵기만 해서 기가 꺾이는 느낌마저 갖고 있다. 언젠가, 니시카타마치(西片町)에 있던 집 안마당에서 초가을 달이 유난히 밝았던 밤에, 나는 어머니와 둘이서 연못가의 정자에서 달 구경을 한 일이 있다. 이런저런 우스개 얘기를 나누면서 웃고 있던 차에 어머니가 벌떡 일어나시더니 정자 뒤 싸리나무 우거진 덤불 속으로 들어가셨다. 그리고 하얀 싸리꽃 사이로 한층 흰 얼굴을 내보이시며 웃는 목소리로, "가즈코야, 어머니가 지금 뭐 하고 있을까, 알아맞혀봐." 하고 말씀하셨다.

"꽃을 꺾으시겠지요." 하고 대답했더니 나직한 소리로 웃으시면서, "뒤보는 참이야." 하고 말씀하셨다.

전혀 쭈그리고 있는 것 같지 않아 놀랐지만 도저히 나로서는 흉내 낼 수 없는 참으로 귀여운 느낌이 있었다.

오늘 아침 수프 이야기에서 한참 탈선하고 말았지만 예전에 어느 책에서 읽은 바 루이 왕조(王朝) 때의 귀부인들은 궁정의 마당이나 복도 구석 같은 데서도 예사롭게 용변을 보았다는 것을 알게 되었다. 나는 그 무심한 짓들이 사랑스럽게 느껴졌고 우리 어머니 같은 분이 그이들 같은 진짜 귀부인들 가운데 마지막 한 사람이 아닐까 하고 생각했다.

그건 그렇고 오늘 아침에 수프를 한 수저 잡숫고서 "아!" 하고 나직한 소리를 내시기에 "머리칼?" 하고 물으니까, 아니라고 대답하신 일.

"너무 짠가요?"

오늘 아침 수프는 지난번 미국에서 배급해준 청완두 통조림을 밭쳐서 내가 포타주처럼 만든 것인지라 처음부터 요리에 자신이 없던 터에 어머니가 아니라고 말씀하셨지만, 나는 조마조마한 나머지 그렇게 물었다.

"그 요리, 잘 만들었던데."

어머니는 정색을 하고 말씀하시고 수프를 다 드신 다음 김밥 하나까지 손으로 집어 잡수셨다.

나는 어려서부터 아침에는 밥맛이 없었고 열 시경이나 되어야 시장한 터라 그때도 수프만은 그럭저럭 마쳤지만 더 먹는 것이 힘겨워 주먹밥을 접시에 올려놓은 채 젓가락으로 흩어놓고, 그중 한 덩이를 젓가락으로 집어 들고 어머니가 수프 드실 때의 숟가락처럼 입과 직각으로 들어서는 마치 새에게 모이 주는 식으로 입속으로 밀어 넣고 우물우물하고 있었더니, 어머니는 벌써 진지를 다 마치시고 조용히 일어나 아침 햇살이 쪼이는 벽에 등을 기대고 한동안 나의 밥 먹는 모습을 보시다가, "가즈코는 아직 멀었어, 조반이 제일 맛있게 먹혀야 하는데." 하고 말씀하셨다.

"어머니는 맛있으셔요?"

"그야 맛있지, 나는 이제 환자가 아닌걸."

"나도 환자가 아닌걸요."

"아직 멀었다."

어머니는 쓸쓸하게 웃으시며 고개를 저으셨다.

나는 오 년 전에 폐병이라고 해서 누워 있던 일이 있지만 그것은 내 꾀병이었다. 그렇지만 어머니의 요전번 병은 참으로 걱정스러운 중병이었는데도, 어머니는 지금 나의 일만을 두고 걱정하고 계신다.

"아." 내가 앓는 소리를 냈다.

"왜?" 이번에는 어머니 쪽에서 물으신다.

얼굴을 마주 보면서 무엇인가가 훤히 납득이 가는 느낌이 들어서 내가 비시시 웃으니까 어머니도 빙그레 웃으셨다.

내 경우는 무엇인지 견딜 수 없이 부끄러운 생각이 들 때에 그 미묘한 "아." 하는 나직한 신음 소리가 나오곤 한다.

내 가슴에는 지금 이 순간에, 느닷없이 육 년 전에 내가 이혼하던 때의 일들이 선명하게 떠올라서 나도 모르게 "아." 하고 소릴 뱉었지만, 어머니의 경우는 과연 어떤 것일까, 설마 어머니에게도 나와 같은 부끄러운 과거가 있을 리가 없는데, 아니, 혹시 또 무언가?

"어머니, 조금 아까 무언가 생각하셨던 것이 있었지요? 어떤 일이에요?"

"무슨? 잊어버렸구나."

"제 생각 아니었나요?"

"아니."

"그럼 나오지 생각?"

"글쎄." 하고 말씀하시다가 어머니는 머리를 갸웃하시고, "그럴지도 모르겠구나." 하셨다.

동생인 나오지는 대학 재학 중에 소집되어 남방의 섬으로 출정한 후 소식이 두절된 채로 전쟁이 끝나고서도 행방불명이다. 어머니는 이젠 나오지를 못 보려니 하고 각오하고 있다고 말씀하시지만 나는 그런 각오 같은 것은 한 번도 한 일이 없다. 꼭 만날 것만 같다.

"이미 단념한 일이라고 생각하면서도 맛있는 수프를 먹으니까, 나오지 생각이 나서 못 견디겠구나. 나오지에게 좀 더 잘해줄 것을."

나오지는 고등학교에 들어갔을 무렵부터 야릇하게도 문학에 골몰하여 흡사 불량소년 같은 생활을 시작해서 어머니를 얼마나 애태웠는지 모른다. 그런데도 어머니는 수프를 한 수저 뜨시고서도 나오지를 생각하시곤 괴로워하신다. 나는 김밥 하나를 입속으로 밀어 넣다가 눈시울이 뜨거워졌다.

"걱정 마세요. 나오지는 걱정 없어요. 나오지 같은 악당은 여간해서 죽지 않는 거예요. 죽는 사람은 대개가 점잖고 잘나고 아름답고 착한 사람인 법이에요. 나오지 같은 악당은 몽둥이찜질에도 안 죽을 사람이에요."

어머니는 웃으시면서, "그럼 가즈코는 빨리 죽는 편이겠군." 하고 나를 골리신다.

"어째요, 나 같은 것은 악한의 말괄량이니까 여든 살까지는 문제없어요."

"그러니, 그럼 나는 아흔 살은 문제없겠구나."

"그럼요." 하고 말하다가 나는 약간 당황했다. 아름다운 사람은 빨리 죽는다. 어머니는 아름답다, 그렇지만 오래 사셨으면 싶다. 어리둥절해하다가, "어머니는 짓궂으셔." 하고 말을 하고 나니까 아랫입술이 떨리면서 눈에서는 눈물이 흘러 떨어졌다.

뱀 얘기를 해야 할 것 같다. 요 며칠 전 오후에 근처의 애들이 마당의 대숲에서 뱀 알을 열댓 개 주워 왔다.

애들은 "독사 알이다." 하고 우겼다. 나는 대숲에 독사가 열 마리나 생겨서는 마음 놓고 마당에도 못 내려가겠다고 생각했다.

내가 "태워버릴까?" 하고 말하니까, 애들은 손뼉을 치며 좋아하더니 내 뒤를 따랐다. 대숲 가까이에 나뭇잎이나 삭정이를 쌓고 거기에다 불을 지르고서 그 불 속에 뱀 알을 한 개씩 한 개씩 던져 넣었다. 알은 쉽사리 타지 않았다. 애들이 다시 가랑잎이며 삭정이를 꺾어다가 불기운을 돋우었지만 알은 도무지 탈 것 같지 않았다. 아래 농가 처녀가 울타리 사이로, "무얼 하시는 거예요?" 하고 웃으면서 묻는다.

"독사 알을 태우는 중이에요. 독사가 나오면 걱정이어서."

"얼마나 큰데요?"

"메추리 알만 한데 하얘요."

"그럼 보통 뱀 알이에요. 독사 알이 아니에요. 낟알은 잘 안 탈걸요?"

처녀는 재밌다는 듯이 웃으며 가버렸다.

삼십 분쯤 태워도 아무래도 탈 것 같지가 않아서 애들에게 알을 불 속에서 주워달라고 부탁하여 살구나무 밑에 묻고, 내가 잔돌을 가져다가 묘표를 만들어주었다.

"자, 모두 절하는 거야."

내가 쭈그리고 앉아 합장을 하니까 애들도 아무 말 없이 내 뒤에 쭈그리고 앉아 합장을 하는 모양이었다. 애들과 헤어져 나 혼자 돌층계를 천천히 올라가는데 층계 위 등나무 그늘에 계시던 어머니가 말씀하셨다.

"불쌍한 짓을 하는 사람이군."

"독산 줄 알았는데 보통 뱀이래요. 그렇지만 정성껏 묻어주었으니까 괜찮지요."

나는 이렇게 말은 했지만 어머니께 들켜버려서 잘못됐다고 생각했다.

어머니는 결코 미신을 믿지 않지만 십 년 전 아버지가 니시카타마치에 있는 집에서 돌아가시고부터 뱀을 무척 무서워하신다. 아버지가 임종하시기 직전에 어머니가 아버지 머리맡에 가느다란 끄나풀 같은 것이 떨어진 것을 보고 무심코 주우려고 했는데 그것이 뱀이었다. 슬슬 기어서 마루로

16

나가더니 어디론가 이내 사라져 가버렸다는데 그것을 본 것은 어머니와 와다(和田) 외숙 두 분뿐이었고 두 분은 서로 얼굴만 마주 본 채 임종 자리가 소란스러울까 두려워서 아무 말도 안 했다는 것이다. 우리도 그 자리에 있었지만 그 뱀 사건은 전혀 몰랐다.

그러나 그날, 아버지가 돌아가신 저녁나절 마당 연못가의 나무라는 나무마다에 뱀이 기어올라 있던 것은 내 눈으로 보아 알고 있다. 나는 이제 스물아홉의 늙다리니까 십 년 전 아버지가 돌아가셨을 때는 열아홉이나 되어 있었다. 이미 어린애는 아니었으니까 십 년이 지난 오늘에도 그때의 기억은 아직도 뚜렷이 남아 있다.

아버지 영전에 꽂을 꽃을 꺾으려고 연못가로 걸어가서 연못가에 피어 있는 진달래 앞에 서서 얼핏 보니까 그 진달래 가지 끝에 조그만 뱀이 감겨 있었다. 선뜩 놀라서 산찔레의 꽃가지를 꺾으려고 하니까 그 가지에도 감겨 있었다. 옆의 물푸레나무에도, 단풍에도, 양골담초에도, 등나무에도, 벚나무에도, 어느 나무에나 뱀이 감겨 있었다. 그런데 별로 무섭지는 않았다. 뱀들도 나와 똑같이 아버지의 죽음을 슬퍼하는 마음에 굴에서 기어 나와 아버지의 명복을 빌고 있는 것만 같은 기분이 들었다. 그때 내가 그 마당의 뱀 이야기를 어머니에게 조용히 일러드렸더니 어머니는 별로 동요하는 빛도 없이 머리를 약간 기웃하면서 무엇인가 생각하는 표정을 하시고선 아무 말씀도 안 하셨다.

그러나 이 두 차례의 뱀 사건 이후로 어머니가 뱀을 싫어하시게 된 것만은 사실이다. 뱀이 싫다기보다도 뱀을 두려워하고 멀리하게 된 것이다.

뱀 알 태운 것을 어머니께 들켜버렸으니 어머니께 필경 무슨 불길한 것을 느끼게 한 것이 틀림없었다. 그렇게 생각하니까 나도 갑자기 뱀 알 태운 것이 무척 큰 일을 저지른 것만 같아 두려워졌다. 이 일이 혹시 어머니께 나쁜 앙갚음을 하는 것이 아닌가 하고 어찌나 근심이 되는지 다음 날도 또 그다음 날도 그 일이 잊히지 않고 있었다. 그런데 오늘 아침에는 식당에서 아름다운 사람은 일찍 죽는다고 맹랑한 소리를 중얼거리고는 다음 말을 수습도 못하고서 울어버렸고, 아침 설거지를 하면서 어쩐지 내 가슴속엔 어머니의 목숨을 재촉하는 무서운 뱀 새끼가 한 마리 들어앉아 있는 것만 같아서 죽을 것만 같이 언짢았다.

그런데 그날, 나는 마당에서 뱀을 보았다. 그날은 무척 화창한 날씨여서 부엌일을 마치고 마당 잔디 위에서 뜨개질을 하려고 등의자를 갖고 마당으로 내려갔는데, 거기 마당 돌가의 잔대 나무 있는 곳에 뱀이 있었다. 아, 무서워. 나는 그렇게만 느끼면서 더 이상 깊이 생각할 것도 없이 등의자를 도로 뜰에다 옮겨놓고 거기에서 뜨개질을 시작했다.

오후가 되어 마당 가에 있는 불당에 넣어둔 장서(藏書) 속에서 로랑생의 화집을 꺼내려고 마당으로 내려서니까 잔디 위를 뱀이 느릿느릿하게 또 기고 있었다. 아침에 본 뱀과 똑같은 것이었다. 가느스름하고 맵시 있는 뱀이었다. 암뱀이라고 생각했다. 그 뱀은 잔디 위를 조용히 가로질러 찔레나무 그늘까지 가더니 움직임을 멈추고 목을 쳐든 채 가늘고 불꽃 같은 혓바닥을 날름거렸다. 그러면서 주위를 살피는 것 같은 꼴을 하더니 한참 만에 목을 숙이고서 무척 근심스러운 듯이 도사렸다. 나는 그때에도 다만 아름다운 뱀이라 생각했고 정신을 차려보니 이미 뱀은 어딘가로 가고 없었다.

저녁때가 다 되어 어머니와 중국식 응접실에서 차를 마시면서 마당 쪽을 내다보니까 돌계단의 셋째 층겟돌 있는 곳에 아침의 그 뱀이 느릿하게 나타났다.

어머니도 그것을 발견하고, "저 뱀은?" 하고 말씀하시면서 얼른 내 쪽으로 오시더니 나의 손을 잡은 채 우두커니 서 계셨다. 그렇게 질문을 받자 나도 얼핏 마음에 잡히는 것이 있어, "그 알의 어미뱀?" 하고 얼결에 얘기하고 말았다.

"그래 그런가봐." 어머니의 목소리도 떨렸다.

우리는 손을 맞잡은 채 숨을 죽이고 잠자코 그 뱀만을 지켰다. 돌 위에 근심스러운 듯 도사렸던 뱀은 비틀거리듯이 움직이기 시작하여 힘없이 돌층계를 가로질러 궁경이풀 있는 곳으로 기어갔다.

"아침부터 마당을 기어 다녔어요." 내가 작은 소리로 말

하니까 어머니는 한숨을 쉬시고 의자에 털썩 앉아버리면서,
"그럴 거야, 알을 찾고 있는 것이겠지. 딱하구나." 하고 가
라앉은 소리로 말씀하셨다.

나는 어쩔 줄을 몰라서 그냥 웃었다.

저녁 해가 어머니 얼굴에 비쳐 들자 어머니 눈동자가 파
랄 정도로 빛나며 약간 노하신 듯한 얼굴은 덤비고 싶도록
예쁘셨다. 그리고 나는 어머니 얼굴이 아까 그 슬퍼 보이던
뱀과 어딘가 닮은 데가 있다고 생각했다. 그리고 내 가슴속
에 살고 있는 독사같이 꿈틀거리는 미운 뱀이 이 슬픔에 잠
겨 처절하도록 아름다운 엄마 뱀을 언젠가는 잡아 먹고 마
는 것이 아닌가 하는 생각이 이상하게도 자꾸만 마음에 맴
돌았다.

나는 어머니의 부드럽고 맵시 있는 어깨에 손을 얹은 채
이유 없이 몸부림을 쳤다.

우리가 도쿄 니시카타마치의 집을 팔고서 여기 이즈(伊豆)
의 약간 중국식인 산장으로 이사를 온 것은 일본이 무조건
항복을 한 해의 십이월 초순경이었다.

아버지가 돌아가시고 나자 우리 집의 생계는 어머니의 동
생이며, 지금으로서는 어머니의 유일한 육친이시기도 한 와
다 외숙께서 전부 돌보아주셨는데 전쟁이 끝나고 세상이 바
뀌니까 와다 외숙도 신통하시지 못했다. 우리는 집을 팔 수
밖에 없었다. 식모들도 모두 돌려보내고 모녀 둘이서 아무

데나 시골의 깨끗한 집을 사서 마음 편하게 사는 것이 좋겠다고 어머님이 부탁하셔서, 돈에 대해서는 어린애만도 못하신 어머니 대신에 와다 외숙이 도맡아서 주선을 하셨던 모양이다.

십일월 말에 외숙한테 속달이 왔다. 슨즈선(駿豆線) 철로 주변에 가와다 자작의 별장이 나왔는데, 집이 높은 곳에 있어 전망이 좋고 밭도 백 평 남짓한 것이 있으며, 매화의 명승지 근처라 겨울에는 따뜻하고 여름에는 시원해서 살면 분명히 마음에 들 곳이라고 생각하니, 그쪽과도 직접 만나서 이야기를 할 수 있도록 내일 긴자(銀座)의 내 사무실까지 와 주기를 바란다는 내용의 편지였다.

"어머니, 가보시겠어요?" 하고 물으니까, "어떡하겠니, 부탁드렸던 것인데." 하고 무척 서운한 듯한 웃음을 지으셨다.

다음 날, 이전에 우리 집 운전사였던 마쓰야마 씨에게 부탁했고, 어머니는 점심이 지나서 출발했다가 밤 여덟 시경에 운전사와 함께 돌아오셨다.

"결정했다."

내 방에 들어오셔서 내 책상을 짚은 채 쓰러지듯이 앉으시며 그렇게 한마디를 하셨다.

"결정했다니, 무엇을요?"

"전부."

"그렇지만 어떤 집인지 보지도 않으시고……."

나는 놀라며 말했다.

어머니는 책상에 팔꿈치를 세우고 이마에 힘없이 손을 대면서 가는 한숨을 쉬셨다.

"와다 외숙이 좋은 곳이라고 하는걸, 뭐. 나는 이대로 눈을 감고 그 집으로 옮겨도 좋을 것만 같다."

그러시면서 얼굴을 들며 희미하게 웃으셨다. 그 얼굴은 약간 야윈 것이 아름다웠다.

"그렇군요." 나도 어머니의 와다 외숙에 대한 신뢰에 동조해 맞장구를 쳤다. "그럼 가즈코도 눈을 감겠어요."

둘이서 소리 내어 웃었지만 웃음의 마지막이 처량하게도 공허했다.

그러고선 날마다 인부들이 집으로 찾아와 이사할 짐을 꾸리는 일이 시작되었다. 와다 외숙도 오셔서 팔아버릴 것은 팔아버리도록 지시해주셨다. 나는 식모인 오기미와 둘이서 의복을 정리하고 쓰레기를 마당 끝에서 태우면서 마음이 분주했지만, 어머니는 정리도 지시도 전혀 안 하시고 날마다 방 안에서 허둥지둥하고만 계셨다.

"어머니, 왜 그러세요? 이즈로 가고 싶지 않아지셨어요?" 야무지게 캐물어봐도, "아니." 하고 희미한 표정으로 대답하실 뿐이었다.

열흘쯤 걸려 정리가 다 되었다. 저녁에 오기미와 함께 종이 부스러기니 새끼 같은 것을 마당 끝에서 태우고 있으려니까 어머니도 방에서 나오셔서 마루 끝에 서신 채 아무 말 없이 우리가 하는 일을 바라보셨다. 회색빛의 차가운 저녁 바람이 불어서 연기가 얕게 땅 위로 깔려 있었다. 언뜻 어머니를 올려다보는데 어머니의 안색이 아직까지 본 일이 없을 정도로 나빴다. 나는 놀라서 "어머니 안색이 나쁘신데요!" 하고 소릴 지르니까 어머니는 엷은 웃음을 지으시며, "아무렇지도 않은걸." 하시고 조용히 방으로 들어가버리셨다.

그날 밤은 이불을 다 꾸렸기 때문에 오기미는 2층의 응접실 소파에서, 어머니와 나는 어머니 방에서 이웃에게 빌린 이불 하나로 둘이서 잤다.

어머니는 '어쩌면?' 하는 생각이 들만치 늙고 힘없는 목소리로, "가즈코가 있으니까, 네가 있어주니까 나는 이즈로 가는 거야. 네가 있어주니까." 하고 의외의 말씀을 하셨다.

나는 깜짝 놀라면서, "가즈코가 없었으면?" 하고 얼결에 물었다.

어머니는 갑자기 우시면서, "죽는 게 좋겠어, 아버지가 돌아가신 이 집에서 엄마도 죽어버리고 싶어." 하고 떠듬떠듬 말씀하시며 더욱더 슬프게 우셨다.

어머니는 아직까지 한 번도 내게 이런 약한 소리를 하신 일이 없고, 또 이렇게 몹시 우는 것을 나에게 보이신 일이 없다. 아버지가 돌아가셨을 때도, 그리고 내가 시집갔을 때도, 임신한 채로 다시 친정에 왔을 때도, 그 아기를 병원에서 사산(死産)했을 때도, 또 내가 병에 걸려 눕게 되었을 때나 나오지가 나쁜 짓을 했을 때도 어머니는 결코 이렇게 약한 태도를 보이시지 않았다. 아버지가 돌아가시고 십 년간, 어머니는 아버지 생전과 다름없이 유유하고 착한 어머니셨다. 그래서 우리는 철없이 어리광만 피우면서 커왔던 것이다. 그러나 어머니는 가난해지셨다. 우리 때문에 전부 써버린 것이다. 나와 나오지를 위해 티끌 하나 아끼지 않고 써버리고만 것이다. 그리고 이제는 오랫동안 살던 정든 집을 떠나 이즈의 조그마한 산장에서 나와 단둘만의 외로운 생활을 해야만 한다. 만약에 어머니가 성미가 나쁘고 인색해서 우리를 나무라기만 하면서 아무도 모르게 당신의 돈을 따로 챙기려고 하는 분이었다면, 어떻게 세상이 변하더라도 이렇게 죽고만 싶은 심정이 되지는 않았을 것이다. 참으로 돈이 없어진다는 게 얼마나 무섭고 비참하고 구원이 없는 지옥인지를 나는 생전 처음으로 가슴 가득히 느꼈다. 나는 괴로운 나머지 울고 싶어도 울어지지 않았다. 인생의 엄숙이란 이런 순간의 감회를 말하는 것이려니, 하고 나는 몸도 마음도 꼼짝 못할 기분이 되어 벌렁 누워버린 채 돌처럼 가만히 움직이질 못하고 있었다.

다음 날, 어머니는 여전히 안색이 나쁜 채로 아직도 우물쭈물하시면서 잠시라도 더 이 집에 계시고 싶은 모양이었다. 와다 외숙이 오셔서, 이미 짐도 다 발송해버렸으니 오늘

중에 이즈로 출발하라고 하시니까 어머니는 할 수 없이 코
트를 입고서, 작별 인사를 하는 오기미며 다른 분들과도 말
없이 인사를 하시고, 외숙과 나와 셋이서 니시카타마치의
집을 나오셨다.

기차 안은 비교적 한산해 우리 세 사람은 자리를 잡았다.
기차 안에서도 외숙은 무척 유쾌하게 콧노래도 부르고 하셨
지만, 어머니는 안색이 나쁜 채로 고개를 숙이신 것이 무척
추워 보였다. 미시마(三島)에서 슨즈선으로 옮겨 타고서 이
즈 나가오카(伊豆長岡)에서 하차하여 버스로 십오 분쯤 가니
조그만 마을이 있었고, 그 마을 끝에 중국식으로 멋을 낸 산
장이 있었다.

"어머니, 생각한 것보다는 좋은 곳이지요?" 숨을 헐떡이
며 내가 말했다.

"그렇구나." 어머니도 산장 현관 앞에 서서 순간 기쁜 듯
한 표정이셨다.

"무엇보다도 공기가 좋아요. 청결한 공기야!" 외숙도 자
랑스럽게 말씀하셨다.

"참말. 좋구나, 공기가 다른데." 어머니는 미소를 지으시
며 말씀하셨다. 그래서 셋이 웃었다.

현관으로 들어가보니 벌써 도쿄에서 짐이 와 있었다. 오
후 세 시경이어서 겨울 해가 마당의 잔디를 부드럽게 비추
고 있었으며, 잔디에서 돌계단을 다 내려간 곳에는 조그만

연못이 있고 매화나무가 많았다. 마당 아래로는 귤나무 밭이 널려 있고, 마을 길이 있고, 그 너머엔 논이 있었다. 그리고 그 건너편엔 솔나무 숲이 있고 그 솔숲 너머로 바다가 보였다. 이렇게 방에 앉아서 바라보니까 바다는 마치 나의 젖가슴 끝에 수평선이 닿을 것 같은 높이였다.

"부드러운 풍경인데." 어머니는 가라앉은 말투였고, "공기 때문인지 햇빛이 도쿄와는 전혀 다른데요. 빛줄기가 명주 살 사이로 보이는 것 같아." 나는 수선스럽게 말했다.

열 첩 칸, 여섯 첩 칸, 중국식 응접실, 그리고 현관이 세 첩, 목욕칸에도 세 첩이 붙어 있었다. 그리고 식당과 부엌이 있고 2층에는 큰 침대가 붙은 손님용 양실(洋室)이 한 칸 있다. 고작 이것밖에 안 되는 칸수지만 우리 둘, 아니 나오지가 돌아와서 셋이 되어도 별로 옹색하지 않으리라 생각했다.

아저씨는 이 동네에서 단 한 채라는 여인숙 집으로 식사를 맞추러 가셨고, 이윽고 받아온 도시락을 방에다 펴놓고 가져온 위스키를 드시고서, 이 산장의 옛 주인인 가와다 자작과 중국에서 놀던 때의 실패담을 이야기하시는 등 기분이 매우 좋으셨지만, 어머니는 도시락에도 영 젓가락질을 하지 않으셨다. 이윽고 주위가 어둑어둑해질 무렵에 작은 소리로 말씀하셨다.

"좀 쉬게 해줘."

짐 속에서 이불을 꺼내 뉘어드리고서 왠지 마음이 쓰여

다시 짐 속에서 체온계를 찾아 열을 재보니까 삼십구 도나 되었다.

외숙도 당황하셨는지 좌우간에 아랫마을로 의사를 찾으러 나가셨다.

"어머니?"

어머니는 불러도 대답이 없고 다만 어름어름 잠자는 것 같으셨다.

나는 어머님의 조그만 손을 쥐고 흐느꼈다. 어머니가 불쌍하고 불쌍해서, 아니, 우리 둘이 불쌍하고 불쌍해서 아무리 울어도 한이 없었다. 울면서 참말로 이대로 어머님과 함께 죽고 싶다고 생각했다. 이제 우리에겐 아무것도 필요 없었다. 우리의 인생은 니시카타마치의 집을 나왔을 때 이미 끝나버렸다고 생각했다.

두 시간쯤 지나 아저씨가 동네 의사 선생님을 모시고 오셨다. 의사 선생님은 어지간히 늙으셨고 센다이히라(仙臺平)[2]로 만든 하카마[3]를 입고 흰 버선을 신고 계셨다.

진찰이 끝나자 선생님은, "폐렴이 될지도 모르겠습니다. 그러나 폐렴이 되어도 염려할 것은 없습니다." 하고 미덥지 못한 말씀을 하시며 주사를 놔주시고 돌아갔다.

---

2 하카마 감으로 쓰는 센다이 지방 특산의 견직물.
3 일본의 전통 의상으로 겉에 입는 바지의 일종.

다음 날이 되어도 어머니는 열이 내리지 않았다. 와다 외숙은 내게 이천 원을 주시면서 만약 입원을 해야만 할 경우에는 전보를 쳐달라고 말씀하시고 우선 그날로 도쿄로 돌아가셨다.

나는 서둘러 짐 속에서 최소한의 부엌 살림을 꺼내서 어머니께 미음을 끓여드렸다. 어머니는 누우신 채 겨우 세 숟가락을 잡수시고는 고개를 저으셨다.

점심 직전에 아랫마을 의사 선생님이 다시 오셨다. 이번엔 하카마는 입지 않았지만 흰 버선은 여전히 신고 계셨다.

"입원하는 게……." 하고 내가 말했다.

"아니요, 그럴 필요는 없을 겁니다. 오늘은 한번 강한 주사를 놔드리겠습니다. 열도 내릴 것입니다." 선생님은 여전히 미덥지 못한 대답을 하시고, 그 소위 강하다는 주사를 놓고서 돌아가셨다.

그러나 그 강하다는 주사가 효험이 있었는지 그날 점심 뒤에 어머니 얼굴이 붉어지면서 또 땀이 지독히 났다. 잠옷을 갈아입으실 땐 웃으시며, "명의인지도 모르지." 하셨다.

열은 삼십칠 도로 내려 있었다. 나는 좋아서 이 동네에 하나뿐인 여인숙으로 달려가 그 집 주인댁한테 부탁해서 달걀을 열 개쯤 얻어 서둘러 반숙을 해서 어머니께 드렸다. 어머니는 달걀을 세 개, 미음을 반 그릇이나 드셨다.

다음 날 동네의 그 명의사님이 또 흰 버선을 신고 오셨다.

내가 전날의 강한 주사를 칭찬했더니, 주사약 듣는 것은 당연하다는 표정으로 끄덕끄덕하면서 자세하게 진찰을 하셨다. 명의사님은 내 쪽으로 돌아앉으시며, "부인께서는 이제 병이 아니십니다. 그렇기 때문에 이제부터는 무엇을 드셔도, 무엇을 하셔도 염려 없으십니다." 하고 여전히 묘한 어투로 말씀하셨다. 나는 웃음이 나오려는 것을 참느라고 애를 썼다.

선생님을 현관까지 모셔드리고 방으로 돌아오니까 어머니는 이불 위에 앉아 계시다가, "진짜 명의로구나. 나는 이제 병이 아니다." 하고 매우 기쁜 듯한 얼굴로 혼잣말처럼 말씀하셨다.

"어머니, 눈이 와요. 장지를 열까요?"

꽃잎같이 큼직한 함박눈이 너울너울 내리기 시작했다. 나는 장지를 열고 어머니와 나란히 앉아 유리창 너머로 이즈의 눈을 내다보았다.

"이젠 병이 아니다."

어머니는 또다시 혼잣말처럼 말씀하셨다.

"이렇게 앉아 있으니 그전 날의 일들이 모두 꿈이었던 것만 같구나. 나는 참말로 이사 올 즈음 해서 이리로 오는 것이 아주 싫고 싫었다. 니시카타마치의 그 집에 하루라도, 반나절이라도 더 있고만 싶었지. 기차에 탔을 때는 반은 죽어버린 것 같은 기분이었고, 이곳에 도착했을 때도 처음에는 잠간 마음이 풀리더니 어둡기 시작하니까 이내 도쿄가 그리워서 가슴이 타는 것만 같은 게 정신이 달아나버렸던 거야. 보통 병이 아니었지. 하느님이 나를 한 번 죽였다가 어제까지의 나와는 딴 사람인 나로 만들어서 소생시켜주신 건가봐."

그 후로부터 오늘까지 우리 두 사람만의 산장 생활이 그럭저럭 별일 없이 평온하게 계속되고 있다. 동네 사람들도 우리에게 친절하게 대해주었다. 이리로 이사한 것이 작년 십이월, 그리하여 일월, 이월, 삼월, 사월인 오늘까지 우리는 식사 준비 때 이외에는 대개 마루에서 뜨개질을 한다든지 응접실에서 독서를 하거나 차를 마신다든지 하며 거의 세상과는 거리가 멀어지는 것 같은 생활을 하고 있었다. 이월에는 매화가 피어 이 동네 전체가 매화꽃에 묻혀 있었다. 그리고 삼월이 되고서도 바람 없는 잔잔한 날이 계속되어 만개한 매화꽃이 조금도 시들지 않고 삼월 말까지 아름답게 피어 있었다. 아침이나 낮이나 저녁이나 밤이나 매화꽃은 한숨이 나올 정도로 아름다웠다. 그리고 마루 끝의 유리문을 열면 언제나 매화 향기가 방 안으로 흘러 들어왔다. 삼월 말경에는 저녁이 되면 으레 바람이 일어 내가 저녁 어스름할 때 식당에서 상을 차리고 있으면 창으로 매화 꽃잎이 날아와 그릇 속에 떨어져 물에 젖곤 했다. 사월이 되어 나는 어머니와 마루에서 뜨개질을 했는데 두 사람의 화제는 대개 밭 가꿀 계획뿐이었다. 어머니도 도와주겠다고 말씀하셨다.

참으로 이렇게 쓰다보니까 과연 우리는 언젠가 어머니가 말씀하셨던 것처럼 한 번 죽었다가 딴사람인 우리로 태어난 것만 같지만, 그러나 예수님 같은 부활은 도저히 인간으로서는 할 수 없는 것이 아닐까. 어머니도 그렇게 말씀하셨지만 여전히 수프 한 숟갈을 드시고도 나오지 생각에 탄식을 하신다. 그리고 내 과거의 상처도 실은 조금도 나아지지가 않았다.

아. 아무것도, 전혀 숨기지 않고 쓰고 싶다. 이 산장의 평온은 모두가 거짓의 표면, 그것밖에 안 된다고 생각될 때도 있었다. 이것이 우리 모녀가 신에게서 얻은 짧은 휴식의 기간이라고 하더라도, 이미 이 평화 속에는 무엇인지 불길하고 어두운 그림자가 스며 있는 것만 같은 느낌이 자꾸만 들었다. 어머니는 행복을 가장하면서 나날이 쇠약해지시고, 또 나는 가슴속에 독사를 배어 어머니를 희생시키며 살찌고, 아무리 억누르고 억눌러도 살찌기만 한다. 아, 이것이 다만 계절의 탓이었으면 좋겠다. 뱀 알을 태운다는 부질없는 짓을 한 것도 그러한 나의 초조한 마음의 일부가 나타난 것이 틀림없다. 그리하여 다만 어머님의 슬픔을 깊게만 하고, 어머니를 쇠약하게끔 하고 있었다.

'사랑'이라고 쓰니까, 그 뒤가 써지지 않는다.

2

　뱀 알 사건이 있은 지 근 열흘쯤 되자 불길한 사건이 연이어 일어나서 어머니를 한층 더 슬프게 했고, 어머니의 수명을 단축시키고 말았다.

　내가 화재를 일으킬 뻔한 것이다.

　내가 불을 낸다. 나의 평생에 이렇게 무서운 일이 있으리라곤 태어나 오늘까지 꿈에서조차 생각한 일이 없었는데.

　불 단속을 허술히 하면 불이 난다는 뻔한 일에도 생각이 미치지 못하는 그런 '아씨님'이 바로 나였던가?

　밤중에 뒷간에 가려고 현관 쪽까지 갔더니 욕실 쪽이 훤했다. 무심코 들여다보니 바깥으로 나 있는 욕실 창문에 빨간 불빛이 비치면서 나뭇가지 타는 소리가 들렸다. 맨발로 뒤 울 안으로 뛰어가보니까 목욕탕 아궁이에 쌓아두었던 장작더미가 무섭게 타고 있었다.

마당을 지나 언덕 아래에 있는 농가로 달려가서 있는 힘을 다해 문을 두드렸다.

"나카이 씨! 일어나세요, 불이 났어요!" 나는 외쳤다.

나카이 씨는 벌써 잠들어 있던 모양이었지만, "네! 곧 가겠습니다." 하고 대답하더니, 내가 빨리요, 빨리 빨리요, 하고 재촉하고 있는 사이에 잠옷 차림으로 뛰어나오셨다.

둘이서 불 가까이 달려와 양동이로 연못 물을 퍼다 끼얹고 있는데 안방 마루 쪽에서 어머니의 비명이 들려왔다.

나는 양동이를 내던지고 마루로 올라갔다.

"어머니, 걱정 마세요. 염려 없으니 누워 계세요."

쓰러질 듯한 어머니를 부축해 잠자리로 모셔다 눕히고 다시 불 있는 곳으로 달려와서 이번에는 목욕통 속의 물을 퍼서 나카이 씨에게 건넸고, 나카이 씨는 그것을 장작더미에 끼얹었다. 하지만 불길이 세서 그런 것으로는 꺼질 것 같지 않았다.

"불이야! 불이야! 별장 댁에 불이야!"

아래쪽에서 누군가 외치는 소리가 나더니 이내 네댓 명의 동네 사람들이 울타리를 잡아 헤치며 달려와주었다. 그리하여 릴레이식으로 양동이 물을 길어다가 이삼 분 사이에 불길을 죽일 수 있었다. 조금만 늦었어도 욕실 지붕에 불길이 옮을 뻔했다.

이제 살았다는 생각이 드는 순간 이 불의 원인에 생각이 미쳤고 순간 가슴이 덜컹했다. 그제야 비로소 이 불난리는 내가 저녁에 욕실 아궁이에서 타다 남은 장작을 아궁이에서 꺼내, 다 꺼진 줄만 알고 장작더미 곁에 놓아둔 게 원인이라는 것을 깨달은 것이다. 그리 깨닫자 울음이 터지려 했고 우두커니 서서 참고 있노라니까 앞집의 니시야마 씨 안댁이 울타리 밖에서 큰 소리로 떠드는 것이 들렸다.

"목욕칸이 홀랑 탔군. 아궁이 불조심을 잘못 해서겠지."

촌장인 후지다 씨, 니노미야 순경, 경방단[4] 단장인 오우치 씨 등이 오셨고, 후지다 씨는 평소와 다름없는 웃는 얼굴로 상냥하게, "놀라셨지요, 어찌 된 것입니까?" 하고 물으셨다.

"제 잘못이에요, 불이 꺼진 줄 알고 장작개비를……."

나는 말을 꺼내다 말고, 스스로가 너무나 불쌍해서 눈물이 복받쳐 오르는 바람에 이내 아무 말도 못하고 고개만 숙였다. 경찰에 연행돼서 심문을 받을지도 모른다고 생각했다. 새삼스럽게 잠옷 바람의 이 꼴사나운 내 모습이 부끄러워지며 보잘것없다는 것을 절실하게 느꼈다.

"잘 알았습니다. 모친께선?" 후지다 씨가 위로하는 어투로 조용히 말씀하셨다.

"안방에 누워 계시게 했어요. 너무 놀라셔서……."

---

4   일제 강점기 말기의 치안을 강화하기 위하여 소방대와 방호단을 통합한 단체.

"어쨌든 집에 불이 안 붙어서 다행입니다." 젊은 니노미야 순경도 위로를 해주었다.

그러자 아래 농가의 나카이 씨가 옷을 갈아입고 오셔서, 숨을 헐떡이며 나의 어리석은 과실을 두둔해주셨다.

"별것 아니에요. 장작이 좀 탔을 뿐입니다. 불이랄 것도 없지요."

"그렇습니까. 잘 알았습니다." 촌장 후지다 씨는 고개를 두세 번 끄덕이더니, 니노미야 순경과 무엇인가 속삭이듯 상의를 하고 나서, "그럼 돌아가겠습니다. 모친께도 염려 마시라고 전해주십시오." 하고는 오우치 씨와 그 외 여러분과 함께 돌아가셨다.

니노미야 순경만이 남아서 내 앞으로 다가오더니 숨소리 같이 나직하게 말했다.

"그럼 오늘 밤 일은 보고하지 않기로 하겠습니다."

니노미야 순경이 돌아간 뒤에 나카이 씨가, "니노미야 씨가 뭐라고 해요?" 하며 매우 근심스러운 소리로 묻기에, "보고하지 않겠다고 말씀하셨어요." 하고 내가 대답을 하니까 울타리 쪽에 아직도 남아 있는 동네 사람들이 나의 그 대답 소리를 알아들었는지 "그래, 잘됐군. 잘됐어." 하면서 그제야 모두 집으로 돌아갔다.

나카이 씨도 "안녕히 주무세요." 하고 돌아갔다. 나 혼자 우두커니 타버린 장작더미 곁에 선 채 울먹이면서 하늘을 바라보니 벌써 새벽이 가까운 기색이었다.

나는 욕실로 가서 손발과 얼굴을 씻었다. 그리고 어머니 뵙는 것이 어쩐지 어색해서 욕실 옆칸에서 머리를 매만지는 둥 허둥지둥하다가 부엌으로 가서 날이 샐 때까지 별로 할 일도 아닌 식기 정리 같은 것을 하고 있었다.

날이 밝아서 안방 쪽으로 발소리를 죽이고 가보았더니 어머니는 이미 옷도 차려입으시고 응접실의 의자에 지친 듯이 앉아 계셨다. 나를 보시더니 방긋이 웃으셨는데 그 얼굴은 깜짝 놀라도록 창백했다.

나는 웃지도 못하고 아무 말 없이 어머니 의자 뒤로 가서 섰다.

한참 만에 어머니가, "별일 아니었군. 태우자는 장작인데." 하고 말씀하셨다.

나는 금세 즐거운 마음이 들어서 소리 내어 웃었다. '경우에 합당한 말은 아로새긴 은 쟁반에 금 사과니라'라는 성서의 잠언 말씀이 생각나서, 이렇게 착한 어머니를 가진 나의 행복에 하느님께 간절히 감사드렸다. 어젯밤 일은 어젯밤 일. 되생각할 필요가 없다고 여기면서 나는 응접실의 유리창 너머로 아침의 이즈 바다를 바라보며 계속해서 어머니 뒤에 서 있었고, 나중에는 어머니의 조용한 호흡과 나의 호흡이 똑바로 맞아 들었다.

아침 식사를 간단히 마치고 타다 남은 장작더미를 정리하고 있노라니 이 동네에 단 한 집뿐인 여인숙의 안주인인 오사키 씨가 마당가의 사립짝에서 급히 들어왔다.

"어떻게 된 거예요? 나는 이제 겨우 소문을 들었어요. 그래, 어젯밤은 대체 어찌 된 거예요?" 그 눈엔 눈물이 비쳤다.

"미안해요." 나는 들릴락 말락 하게 사과했다.

"미안하긴, 그보다도 경찰 쪽에서는 뭐라고 하던가요?"

"괜찮대요."

"참 잘됐어요." 오사키 씨는 참으로 고맙다는 표정이었다.

나는 오사키 씨에게 동네 분들께 어떤 형식으로 사례를 할지 상의를 했다. 오사키 씨는 역시 돈이 좋을 거라며 사례해야 할 집들을 일러주었다.

"혹시 아가씨 혼자 다니기가 거북하시면 내가 도와도 좋아요."

"혼자서 가는 것이 좋지 않을까요?"

"혼자서 갈 수 있을까요? 하기야 혼자 가시는 것이 더 낫긴 하지요."

"혼자서 가겠어요."

그러고선 오사키 씨는 불에 탄 자리를 정리하는 것을 도와주었다. 정리를 마치고 나는 어머니한테 돈을 얻어 백 원 지폐를 한 장씩 미농지로 싸고, 겉봉에다 일일이 '사례'라고 썼다.

맨 먼저 촌사무소로 갔다. 마침 후지다 씨는 부재중이었기에 접수부의 직원에게 종이봉투를 건네며 사과를 했다.

"어젯밤 일을 뭐라고 사과드려야 좋을지 모르겠습니다. 다음부터는 조심하겠어요. 너그럽게 용서해주세요. 촌장님께도 말씀 부탁드립니다."

그러고 나서 경방단장인 오우치 씨 댁으로 갔다. 오우치 씨가 현관으로 나와 나를 보며 아무 말 없이 측은하게 웃음을 지으셨다. 나는 공연히 울고 싶어졌다.

"간밤에 죄송했어요."

겨우 말하고 이내 돌아서 나왔으나 결국 오던 길에 울음이 터져 얼굴을 망가뜨렸기에 도로 집으로 와서 세수를 하고 화장을 다시 했다. 막 나가려고 하는데 어머니가 나오셨다.

"또 어디를 가니?"

"네. 지금부터예요." 나는 얼굴을 숙인 채 대답했다.

"수고롭구나." 어머니가 나직이 말씀하셨다.

어머니의 애정에 힘을 얻어 이번에는 한 번도 울지 않고 봉투를 전부 돌릴 수 있었다.

동장님 댁엘 갔더니 동장님은 안 계시고 며느리 되는 분이 나오셨는데 나를 보자마자 도리어 그쪽에서 울먹였고, 파출소에서는 니노미야 순경이 다행이었지요. 다행이었어요, 하고 말씀해주시는 등 모두 착한 분들이었다. 그러고선 이웃집을 돌았는데 역시 모두 동정하고 위로해주었다. 다만 앞집인 니시야마 씨 안댁인 한 마흔쯤 되는 아주머니한께는 단단히 꾸중을 들었다.

"이제부터라도 주의하세요. 왕족님인지 뭣님인지는 모르지만 나는 전부터 당신들의 소꿉장난 같은 살림살이를 걱정스레 봤어요. 애들 둘이 살고 있는 것만 같더라니. 이제까지 불이 안 났다는 것이 도리어 이상한 일이지. 앞으론 참말 조심하세요. 어젯밤만 해도 거기에 바람이나 세었다면 이 마을이 홀랑 탈 뻔한 거니까."

이 니시야마 씨 안댁은, 아래 농가의 나카이 씨 같은 분이 촌장이나 순경에게 달려와서 불이랄 것도 없다고 두둔을 해주셨을 때 울타리 밖에서, 목욕칸이 홀랑 탔군. 아궁이 불조심을 잘 못해서겠지, 하고 큰 소리로 떠들던 사람이었다. 그러나 나는 니시야마 씨 안댁의 꾸지람에도 진실을 느꼈다. 참말로 그 말대로라고 생각했다. 조금도 그분을 미워할 수가 없었다. 어머니는 태우자는 장작이라고 우스개로 말씀하시며 나를 위로해주셨지만, 혹시 그때 바람이라도 세었다면 니시야마 씨 안댁 말마따나 이 마을 전부가 탔을지도 모르는 일이었다. 그렇게 되면 죽음으로 사죄해도 모자라는 것이다. 내가 죽으면 어머니도 살아 계실 수 없을 것이고 또한 돌아가신 아버지 이름도 욕되게 하는 꼴이 되고 만다. 이제는 왕족도 귀족도 별것이 아니지만, 기왕에 망할 바에는 좀 더 화려하게 망하고 싶다. 화재를 일으키고 그 사죄로 죽다니, 그렇게 비참한 죽음이어서는 죽어도 눈 감지 못하리라. 여하튼 좀 더 똑똑히 굴어야만 할 것 같다.

나는 다음 날부터 밭일에 힘썼다. 나카이 씨의 따님이 가끔 와서 도와주었다. 불을 내는 등의 추태를 보이고부터 나의 몸속의 피가 어쩐지 약간 검붉어진 것만 같았다. 그전에는 나의 가슴속에 심술궂은 독사가 살고 있었고, 이번에는 피의 빛깔도 조금씩 변해 점점 야생의 시골 처녀가 되어버리는 것만 같았다. 어머니와 함께 마루 끝에서 뜨개질을 해도 이상하게 거북살스러운 게 도리어 밭에 나가서 흙을 파고 하는 것이 마음 편할 정도였다.

육체노동이라고 할 수 있는 이런 힘든 일은 나로서는 처음은 아니다. 나는 전쟁 때 징용되어 망께질[5]까지 해봤다. 지금 밭에서 신고 있는 노동화도 그때 군에서 배급받았던 것이다. 노동화라는 것을 그때 생전 처음으로 신어봤다. 깜짝 놀랄 정도로 발이 편했으며 그것을 신고 마당을 걸어봤더니 새나 짐승 들이 맨발로 땅을 밟고 다니는 홀가분함을 나도 알게 된 것만 같은 기분이 들어서 가슴이 울렁일 정도로 즐거웠다. 전쟁 중의 즐거운 기억이라고는 다만 그것 하나뿐이다. 생각하면 전쟁이란 쓸데없는 짓이다.

작년엔 아무 일도 없었다.
재작년엔 아무 일도 없었다.

---

5 목도질.

그전 해도 아무 일도 없었다.

종전 직후에 신문에 이런 재미난 시가 실린 것을 보았지만 정말로 이제 와서 생각해봐도, 여러 가지 일이 있었던 것 같으면서도 역시 아무 일도 없었던 것 같은 느낌이다. 전쟁의 추억은 얘기하는 것도, 듣는 것도 싫다. 사람이 많이 죽었는데 그런 것은 진부하고 시시한 것이었다. 그런데도 나는 철부지 이기주의자인지, 내가 징용되어서 노동화를 신고 망께질을 했던 때의 일만은 그렇게 진부하다고는 생각지 않는다. 무척 싫다는 생각도 들었지만 그 망께질 덕분에 몸이 아주 튼튼해져서 지금도 내가 더욱더 생활이 곤란해지면 망께질을 해서 살아가리라고 생각하는 일조차 있을 정도다.

전쟁 판국이 점점 절망에 잠길 무렵 군복 비슷한 것을 입은 남자가 니시카타마치의 집으로 와서 내게 징용 소집장과 노동의 일정을 쓴 종이를 주고 갔다. 일정표를 보니 다음 날부터 하루 건너로 다치카와(立川)의 산속으로 일하러 다니지 않으면 안 되었다. 나도 모르게 눈물을 보였다.

"다른 사람이 대신 가는 건 안 되나요?"

눈물이 되솟아서 흐느끼는 듯했다.

"군대에서 당신에게 징용이 온 것이니까 필히 본인이 아니면 안 됩니다." 그 남자는 강하게 대답했다.

나는 갈 결심을 했다.

다음 날은 비가 왔다. 우리는 다치카와의 산기슭에 정렬하고서 우선 장교의 훈시를 들었다.

"전쟁에는 꼭 이긴다. 전쟁에는 꼭 이기지만 그러나 당신들이 군의 명령대로 작업을 하지 않으면 작전상 지장이 생겨서 오키나와 같은 꼴이 된다. 틀림없이 명령한 대로 일을 해주길 바란다. 그리고 이 산속에도 스파이가 침입했을지 모르니까 서로 주의할 것. 여러분도 이제부터는 군인이나 다름없이 진지 속에 들어와서 일하는 것이니까 진지의 얘기는 절대로 누설하지 않도록 주의하기를 바람."

산에는 비가 부슬거리고, 남녀 합하여 오백 명 가까운 대원이 서서 비에 젖어가며 그 말을 듣고 있었다. 대원 중에는 국민학생도 섞여 있었다. 모두 추운지 울상을 하고 있었다. 비가 내 레인코트에 배어들어 상의를 적시더니 마침내는 내 의까지도 적시고 말았다.

그날은 망께질을 했다. 돌아오는 전차에서 눈물을 참지 못했지만 그다음 번에는 달구지 줄을 잡아당기는 일을 했다. 그리고 나는 그 일이 가장 재미있었다.

두 차례, 세 차례, 산으로 가는 동안에 국민학교 남학생들이 내 모습을 흘금흘금 보는 것 같았다. 어떤 날 내가 망께질을 하고 있으니까 남학생 두세 명이 내 곁을 지나가면서 그 중의 한 학생이, "저런 게 스파이인가?" 하고 작은 소리로 말하는 것을 들었다. 나는 기겁을 하면서, "왜 저런 소리를 할까요?" 하고 나와 한쌍으로 목도를 지는 젊은 처녀에게 물어봤다.

"외국 사람 같으니까." 처녀는 정색을 하고 대답했다.

"당신도 내가 스파이라고 생각해요?"

"아니요." 이번에는 약간 웃으며 대답했다.

"나는 일본사람이에요." 내가 생각해도 그 말이 바보 같은 난센스로 들려서 혼자 웃었다.

어느 날씨 좋은 날, 아침부터 남자들과 함께 통목을 나르고 있는데, 감시 당번인 젊은 장교가 얼굴을 찌푸리면서 나를 가리키며, "어이 너, 너는 이리로 와." 하고 앞장 서서 솔 숲 쪽으로 걸어갔다. 불안과 공포에 두근거리는 가슴으로 그의 뒤를 따라갔다. 그는 숲 속의 제재소에서 방금 온 송판이 쌓여 있는 곳까지 가서 발을 멈추고 돌아서서 나를 보면서, "날마다 괴로우시겠습니다. 오늘은 이 재목 감시를 해 주십시오." 하고 하이얀 이를 보이면서 웃었다.

"여기에 서 있는 거예요?"

"여기는 시원하고 조용하니까 이 송판 위에서 낮잠이라도 주무세요. 혹시 심심하시면, 이거 이미 읽으신 것인지도 모르지만……." 하면서 상의 주머니에서 작은 문고판 책을 꺼냈다. 장교는 멋쩍은 듯이 송판 위에 책을 던지고서, "이런 것이라도 읽고 계십시오." 했다.

문고책에는 '트로이카'라고 적혀 있었다. 나는 그것을 집어 들었다.

"고맙습니다. 집에도 책을 좋아하는 사람이 있어요. 지금은 남방에 가 있지만."

내 말을 오해했는지, "아, 그렇습니까? 당신 주인이시겠지요. 남방이면 고생이시겠습니다." 하고 머리를 흔들며 고즈넉이 말하고, "아무튼 오늘은 여기에서 감시반인 걸로 하고, 당신의 도시락은 나중에 제가 갖다드릴 터이니, 푹 쉬십시오." 하고선 급한 걸음으로 돌아갔다.

재목에 걸터앉아 그 책을 반 정도 읽었더니 그 장교가 저벅저벅하고 구두 소리를 내면서 나타났다.

"도시락을 갖고 왔습니다. 혼자서 심심하시지요."

장교는 말하면서 풀섶에다 도시락을 놓고서 또 급하게 돌아갔다.

점심을 먹고 이번에는 재목 위로 기어 올라가서 누운 채로 책을 읽었다. 다 읽고 나서는 흐지부지 낮잠을 잤다.

눈이 떠진 것은 오후 세 시가 지나서였다. 언뜻 그 젊은 장교를 그전에 어디선가 본 일이 있는 것 같았는데, 생각해 봤으나 알 수가 없었다. 재목에서 내려와 머리를 매만지고 있으니까 또 저벅저벅하는 구두 소리가 들리더니, "오늘 수고 많으셨습니다. 이젠 돌아가셔도 됩니다." 했다.

빠른 걸음으로 장교 있는 곳으로 가서 문고책을 돌려주면서 고맙다고 인사를 하려고 했다. 막상 바라보니 말이 안 나와서 아무 말도 못하고 있었다. 장교와 눈이 마주치자 눈에서 눈물이 주르륵 흘렀다. 그러니까 그 장교 눈에서도 눈물이 번쩍 빛났다.

그대로 아무 말도 없이 헤어졌지만 그 젊은 장교는 그 후로 한 번도 우리가 일하고 있는 곳에 얼굴을 나타내질 않아서 나는 다만 그날 하루만을 놀 수가 있었을 뿐, 다음부터는 여전히 하루 걸러 한 번씩 다치카와 산기슭에서 괴로운 작업을 해야 했다. 어머니는 나의 몸을 염려하셨지만 나는 도리어 튼튼해져서 이제는 망께질 벌이에도 남모르게 자신을 가졌고 또한 밭일 정도는 별로 힘들어 하지 않는 여자가 되었다.

전쟁에 대해서는 말하는 것도 듣는 것도 싫다고 하면서도 나는 어느새 나의 '귀중한 체험담' 같은 것을 털어놓고 말았다. 그러나 내 전쟁의 추억 속에서 조금이라도 얘기하고 싶다고 생각하는 것이 대강 이 정도이고 그 밖에는 언젠가의 그 시처럼,

작년엔 아무 일도 없었다.
재작년엔 아무 일도 없었다.
그전 해도 아무 일도 없었다.

라고나 말하면 될 정도로 시시하고, 내 몸에 남아 있는 것이

라고는 이 노동화 한 켤레라는 처량함뿐이다.

노동화 이야기에서 쓸데없는 이야기로 빠지긴 했지만, 나는 이 전쟁의 유일한 기념품이라고 할 이 노동화를 신고서 날마다 밭에 나가서 가슴속의 남모를 불안과 초조를 잊은 척하고 있다. 하지만 어머니는 요즈음 나날이 눈에 보일 정도로 야위어가는 것만 같다.

뱀 알.

불.

그 무렵부터 아무래도 어머니는 한층 환자 같아지기만 했다. 그리고 나는 그 반대로 점점 거칠고 촌스러운 여자가 되어가고 있다. 어쩐지 자꾸 나는 어머니의 생기를 빨아들여서 살쪄가는 것만 같아 큰일이다.

불났을 때만 해도 어머니는 태우자는 장작이라고 농담을 하시고, 그 후로 불 얘기는 한마디도 안 하셨다. 도리어 나를 위로하셨다. 그러나 내심 어머니가 받았던 쇼크는 나보다 열 배는 컸을지도 모른다. 불이 난 후로 어머니는 밤중에 이따금 잠꼬대를 하기도 하셨고, 바람이 센 밤에는 뒷간에 가시는 척하시고는 밤중에 몇 번씩이나 일어나서 집 안을 둘러보셨다. 그리고 안색은 늘 나쁘며 걷는 것조차 겨우인 것처럼 힘들어 보이는 날도 있었다. 밭일도 돕고 싶다고 전에는 말씀하셨지만 언젠가 한 번 내가 말리는데도 샘에서 큰 통으로 물을 대여섯 번 나르시고는 다음 날 숨이 막힐 정도로 어깨가 결린다고 하시며 종일 누워 계셨다. 그 후로는 아무래도 밭일에는 질리신 모양인지 이따금 밭에는 나오셔도 내가 일하는 것을 가만히 서서 보시기만 할 따름이었다.

"여름 꽃이 좋은 사람은 여름에 죽는다는 거, 참말일까?"

오늘도 어머니는 내가 밭일 하는 것을 한참 보고 계시다가 지나가는 말로 그런 말을 하셨다. 나는 아무 말도 않고 가지나무에 물을 줬다. 참, 그러고 보니까 벌써 초여름이다.

"나는 자귀나무 꽃이 좋은데…… . 이 마당에는 한 그루도 없네." 어머니는 또 조용히 말씀하신다.

"협죽도 꽃이 많이 있잖아요." 나는 일부러 퉁명스럽게 말했다.

"그 꽃은 싫어. 여름 꽃은 모두 좋은데 그건 너무 촐랑거려서…… ."

"나는 장미꽃이 좋아요. 그런데 그것은 사철 피니까 장미가 좋은 사람은 봄에 죽고, 여름에 죽고, 가을에 죽고, 겨울에 죽고, 네 번이나 되죽지 않으면 안 되겠네요?"

둘이서 웃었다.

"좀 쉬어." 어머니는 여전히 웃으며 말씀하셨다.

"오늘은 가즈코와 좀 상의할 일이 있는데."

"뭔데요? 죽는 얘기 같은 것은 질색이에요."

나는 어머님 뒤를 따라가서 등나무 밑의 벤치에 나란히 앉았다. 등나무 꽃은 이미 져버렸고 부드러운 오후의 햇살이 이파리 사이로 우리에게 떨어져 우리 무릎을 초록색으로 물들이고 있었다.

"그전부터 들려주고 싶었던 것이 있었는데 서로 마음이 잔잔할 때 얘기하려고 오늘까지 기회를 기다리고 있었어. 아무래도 좋은 얘기는 아니지만, 그러나 오늘은 웬일인지 쉽사리 얘기가 될 것만 같아서. 그러니, 가즈코도 참고 끝까지 들어줘요. 실은, 나오지가 살아 있대요."

나는 몸이 굳어졌다.

"며칠 전에 와다 외숙에게서 소식이 있었는데, 전에 외숙이 다니는 회사에 근무하던 분이 최근에 남방에서 돌아와서 인사를 왔대요. 그 분과 이 얘기 저 얘기 하던 끝에 우연히도 나오지가 있던 부대와 같은 부대였으며 나오지도 무사하고 곧 돌아온다는 것을 알았대요. 그런데 한 가지 걱정인 것이 있어. 그 사람 말로는 나오지가 매우 지독한 아편중독인 모양이래……."

"또!"

나는 쓴 것을 먹은 양 얼굴을 찡그렸다. 나오지는 고등학교 때 어떤 소설가의 흉내를 내어 마약중독에 걸렸고 그것 때문에 약국에서 굉장한 빚을 졌다. 그때 어머님은 약국에 진 빚을 전부 갚느라고 이 년이나 고생하셨다.

"그래, 또 시작한 모양이야. 그렇지만 그것이 낫지 않으면 귀환이 허가되지 않으니까, 필시 나은 뒤에 올 것이라고 그 사람은 말하더래요. 외숙의 편지에는 낫고 온다 하더라도 그런 마음가짐으로는 아무 데도 곧바로 근무를 시킬 수도 없다고……. 지금 이 혼란한 도쿄에서는 정상적인 인간도 정신이 약간 돈 것 같아지는데, 중독에서 막 벗어난 반병신은 이내 발광하여 무슨 짓을 할지도 모른다고, 나오지가 돌아오면 아무 데도 보내지 말고 바로 이즈의 산장으로 보내 당분간 정양을 시키는 것이 좋겠다는 거야. 그것이 한 가지. 그리고 가즈코야, 외숙께서 또 한 가지 당부를 하시는 것이 있는데, 외숙 말씀으로는 이제는 우리 돈이 거의 없어졌대. 저금을 묶어두고 재산세를 내고 해서 이제 외숙도 그전처럼 우리들에게 돈을 보내줄 수가 없게 되신 모양이야. 그래서 나오지가 돌아와서 엄마랑 나오지랑 가즈코랑 셋이서 놀며 살아가면 외숙도 그 생활비를 마련하는 것이 여간 힘든 것이 아니래. 그래서 지금부터 가즈코의 혼처를 마련하든지 혹은 식모살이 할 집을 찾든지 어느 것이라도 힘써 보라는 그런 당부이신데……."

"식모살이요?"

"아니, 외숙 말로는 왜 저 고마바(駒場)의…… 그분들이라면 우리와도 혈연이 닿으니까 공주님의 가정교사를 겸한 식모로 가더라도 가즈코가 별로 외롭거나 부끄러움은 없을 거라고 말씀하시던데." 하고 어떤 왕족의 이름을 꺼내셨다.

"딴 데는 일자리가 없을까요?"

"다른 직장은 가즈코에겐 매우 무리일 거라고 말씀하시더구나."

"무리요? 왜 무리예요?"

어머니는 섭섭한 듯이 웃으실 뿐 아무 대답도 안 하셨다.

"싫어요, 나. 그런 얘기는."

나는 실없는 소릴 한다고 생각했으나 참을 수가 없었다.

"내가 이런 노동화를…… 이런 노동화를……."

말하고보니 눈물이 솟아올라 나도 모르게 소리 내어 울었다. 얼굴을 들고서 눈물을 손등으로 씻어내면서 어머니를 향해 안 된다고 안 된다고 생각하면서도 말이 육체와는 아무런 상관도 없는 것처럼 제멋대로 자꾸자꾸 쏟아져나왔다.

"언젠가 말씀하시지 않았어요. 가즈코가 있으니까, 가즈코가 있어주기 때문에 엄마는 이즈로 가는 거라고 말씀하시지 않았어요. 가즈코가 없으면 죽어버린다고 말씀하셨잖아요. 그래서 저는 아무 데도 안 가고 어머니 곁에 있으면서 이렇게 노동화를 신고서 어머니께 맛있는 채소를 드리려고 그렇게만 생각하고 있는데 나오지가 돌아온다는 것을 알고서는 갑자기 내가 성가셔져서 공주의 식모로 가라니, 너무하세요. 너무하세요."

자기 자신도 지독한 소리를 퍼붓는다고 생각하면서도 말이 따로 살아 있는 것처럼 참을 수 없이 솟아나왔다.

"가난해져서 돈이 없어지면 우리 옷을 팔면 될 것 아니에요. 이 짐도 팔아버리면 되잖아요. 나는 아무것이나 다 할 수 있어요. 이 동네 촌사무소의 여직원이고 뭐고 할 수 있어요. 관공서에서 안 써주면 망께질이라도 하겠어요. 가난? 아무것도 아니에요. 어머니만 나를 귀여워해주시면 나는 평생을 어머니 곁에 있겠다고 생각하고 있었는데 어머니는 나보다도 나오지 쪽을 아끼시는군요. 나가겠어요. 나는 나가요. 어차피 나오지하고는 옛날부터 성미도 안 맞으니까 셋이서 함께 살면 피차 불행해요. 나는 오늘날까지 오랫동안 어머니와 단둘이서 살았으니까 더 바랄 것도 없어요. 이제부터는 나오지와 어머니 둘이서 깨가 쏟아지게 살고 나오지가 더욱더 효도를 하면 돼요. 나는 이제 싫어졌어요. 지금까지의 생활이 싫어졌어요. 나가겠어요. 오늘 지금 당장에 나가겠어요. 내게도 갈 곳이 있으니까요."

나는 일어났다.

"가즈코!"

어머니는 매섭게 나를 부르며, 오늘날까지 본 적 없는 위엄이 넘치는 표정으로 불끈 일어서서 나와 마주 서셨다. 나보다도 키가 조금 더 커보였다.

잘못했다고 이내 말하고는 싶었으나 그것이 입으로 나오지는 않고 도리어 딴소리가 나오고 말았다.

"속였던 거예요. 어머니는 나를 속이셨던 거예요. 나오지가 올 때까지 나를 이용만 하셨던 거예요. 나는 어머니의 식

모였으니까, 일이 다 끝나면 이젠 다른 공주님에게로 가라
는 것이지요."

나는 엉엉 소리를 지르면서 선 채로 실컷 울었다.

"너는 참 바보로구나." 나직이 말씀하시는 어머니 목소리
는 노여움에 떨렸다.

나는 얼굴을 들고 또 바보같이 되지 않는 소릴 했다.

"그래요. 바보예요. 바보니까 속은 거지요. 바보니까 귀
찮은 거지요. 없는 것이 좋겠지요. 가난하다는 것이 어떤 거
예요? 돈이 없다는 것이 무엇이에요? 난 모르겠어요. 애정,
어머니의 애정 그것만을 믿고 나는 살아왔던 거니까요."

어머니는 얼른 고개를 돌리셨다. 울고 계셨다. 나는 잘못
했어요, 하고 어머니 품에 안기고 싶었으나 밭일로 손이 더
러워져 있는 것이 불편해서 엉뚱하게, "나만 없으면 되는
것 아니에요. 나가겠어요. 나도 갈 곳이 있으니까요." 하고
내던지듯 말하고 울며 달음박질하여 욕실로 갔다. 눈물로
범벅이 된 얼굴과 손발을 씻고, 방으로 가서 양복으로 갈아
입고 있노라니까 또 울음이 왁 쏟아져서 큰 소리로 실컷 울
고 싶어서 2층의 양실로 뛰어 올라갔다. 침대에 몸을 던지
고 담요를 머리 위까지 뒤집어쓰고 목이 터져라 실컷 울었
다. 그러니까 정신이 흐려지는 것같이 멍해지더니 점점 어
떤 사람이 그리워서 그 얼굴이 보고 싶고 목소리를 듣고 싶
어지는 것을 양쪽 발바닥에다 쑥뜸질을 하고 꾹 참는 것 같

은 그런 기분으로 참고 있었다.

저녁때가 다 돼서 어머님이 조용히 내가 있는 양실로 들어오셔서 등불을 켜시곤 침대 쪽으로 오시더니, "가즈코." 하고 아주 상냥하게 부르셨다.

"네."

나는 일어나 침대 위에 앉아 두 손으로 머리를 쓸어 올리고서 어머니 얼굴을 보고 미소 지었다.

어머니도 잔잔하게 웃으시곤 창 아래의 소파에 깊숙이 몸을 파묻으시며 말씀하셨다.

"생전 처음으로 와다 외숙의 분부를 거역했다. 엄마는 지금 외숙께 답장 편지를 썼어. 내 자식들 일은 내게 맡기라고 썼단다. 가즈코야, 옷을 팔자. 두 사람 옷을 자꾸 팔아서 실컷 쓰고, 호사로운 생활을 하자. 나는 이젠 너에게 밭일을 시키고 싶지 않구나. 비싼 채소라 해도 사면 되잖니. 그렇게 날마다 밭일을 하는 건 너에겐 무리다."

사실은 나도 날마다의 밭일이 약간 괴로워져가는 참이었다. 아까 그렇게 미친 것처럼 울고 떠든 것도, 밭일의 피로와 슬픔이 범벅이 되어, 모든 것이 다 귀찮고 밉살스러워서 그런 것이리라.

나는 침대 위에 얼굴을 숙인 채 아무 말도 안 했다.

"가즈코."

"네."

"갈 곳이 있다는 건 어디지?"

나는 얼굴부터 목까지 빨개지는 것을 의식했다.

"호소다(細目) 님이니?"

나는 아무 말도 안 했다. 어머니는 크게 한숨을 쉬셨다.

"옛날 얘기 해도 좋지?"

"네." 나는 작은 소리로 대답했다.

"네가 야마기(山木) 님 댁에서 나와 니시카타마치의 집으로 돌아왔을 때 나는 가즈코한테 아무런 나무람도 하지 않았다고 생각하고 있어. 다만 한 가지, '엄마는 너한테 속았구나.'라고 말했지. 기억하고 있어? 그러니까 너는 울기만 했지. 나도 '속았다'라고 심한 말을 해서 언짢다고는 생각했지만……."

그러나 나는 그때 어머니한테 그런 말을 듣고 왠지 고마워서 기쁜 울음을 울었다.

"엄마가 그때 속았다고 말한 것은, 네가 야마기 님 댁에서 나왔다고 그런 것이 아니었지. 야마기 님한테서 가즈코는 실은 호소다랑 연애하는 사이라는 말을 들었을 때였어. 그 말을 들었을 때 나는 정말 안색이 변했어. 왜냐하면 호소다 님은 벌써부터 처자가 있는 사람으로 아무리 이쪽에서 사랑하고 따른다고 해도 도리가 없는 일인 것을……."

"연애하는 사이라고요? 무슨 그런 지독한 소리를. 그것은 야마기 님의 추측일 뿐이에요."

"그럴까? 너 설마 지금도 호소다 님을 생각하고 있는 것은 아니겠지. 갈 곳이 있다는 건 어디지?"

"호소다 님한테가 아니에요."

"그래. 그럼 어디니?"

"어머니, 나는요, 근래에 생각하는 것이 있어요. 인간이 딴 동물과 전혀 다른 점이 무엇일까? 말도, 꾀도, 생각도, 사회의 질서도, 각기 정도의 차이는 있지만 딴 동물들도 모두 갖고 있잖아요? 신앙도 갖고 있을지 모르지요. 인간은 만물의 영장이라고 뽐내고 있지만 동물과 본질적으로 조금도 다른 점이 없는 것이나 다름없다고. 그런데 어머니, 다만 한 가지가 있어요. 모르시겠지요. 딴 생물에게는 절대로 없고 인간에게만 있는 것. 그것은 말이지요. '간직한 일'이라는 것이에요. '비밀'이요. 그렇지요?"

어머니는 약간 얼굴을 붉히고 아름답게 웃으시며, "참말로 그 가즈코의 비밀이 좋은 열매를 맺어주었으면 좋겠건만. 엄마는 아침마다 아버님한테 가즈코를 행복하게 해주십사 기도를 드리고 있는데."

나의 마음엔 순간 아버지와 나스노(那須野)를 드라이브하던 일이 생각났다. 도중에 길가에 내려 바라보던 그 때의 가을 산야의 경치. 싸리꽃, 패랭이꽃, 인동, 마타리 같은 가을 꽃이 피어 있었다. 산포도의 열매는 파랬다.

아버지와 함께 비와호(琵琶湖)에서 모터보트를 타면서 내

가 물속으로 뛰어들고 수초에 사는 고기가 내 발을 스치곤
했다. 그 호수 바닥에는 내 발 그림자가 뚜렷하게 어려 있었
는데 그것이 흔들흔들 흔들리던 일 같은 것이 아무런 연관
도 없이 떠올랐다가 사라졌다.

　나는 침대에서 미끄러지듯 내려와 어머니 무릎을 안고서
비로소, "어머니, 아까는 잘못했어요." 하고 말할 수가 있었
다. 생각해보니까 그날이 우리의 행복의 마지막 불꼬리가
빛나던 때였고, 그 후로는 나오지가 남방에서 돌아와서 우
리의 지옥 같은 생활이 시작되었다.

3

아무리 해도, 이젠 아무래도 살아가지질 않을 것 같은 허
전함. 이런 것이 불안이라고 하는 감정인 것이지, 마음에 괴
로움의 파도가 밀려온다. 그것은 마치 저녁 소나기가 지나간
뒤의 하늘에 황급한 듯 흰 구름 쪼가리가 연이어 달려가는
것 같다. 불안은 나의 심장을 조였다 늦추었다 하고, 나는 맥
박이 굳어버리고, 호흡은 흐려지고, 눈앞이 아물아물 어두워
졌다. 전신의 힘이 손가락 끝에서 쑥 빠져 달아나는 것 같은
기분이 들어서 뜨개질을 계속할 수도 없었다.

요즈음은 비가 우울하게 계속 내려서 무엇을 해도 시름없
고, 오늘은 안방 마루에 등의자를 내다놓고, 올봄에 한 차
례 뜨기 시작했다가 처박아두었던 스웨터를 다시 뜨고 싶은
마음이 된 것이다. 엷은 모란꽃 색의 털실에 코발트블루 색

실로 받쳐서 스웨터를 만들 셈이었다. 그리고 이 엷은 모란 꽃 색의 털실은 지금으로부터 벌써 이십 년 전에 내가 아직도 초등학교에 다니고 있을 무렵 어머니가 내 목도리를 짜주었던 털실이다. 그 목도리는 끝이 모자로 되어 있었는데 그것을 쓰고 거울을 보면 흡사 도깨비 같았다. 거기에다 색이 다른 학생들의 목도리 색과는 전혀 달랐기 때문에 나는 그것이 퍽이나 싫었다. 간사이(關西)의 거액 납세자인 친구가 "좋은 목도리를 했는데?"라고 어른 같은 말투로 칭찬해주었지만 나는 더욱더 부끄러워져서 그 후로는 한 번도 이 목도리를 한 일이 없이 오랫동안 버려두었다. 그것을 올봄에 사장품(死藏品)의 부활이라는 의미로 실을 다시 풀어가지고 스웨터를 만들겠다고 했지만 아무리 해도 이 색이 싫어서 다시 내던졌다가 오늘은 하도 심심해서 무심코 꺼내서 천천히 짜보았다. 그러던 사이에 나는 이 엷은 모란꽃 색의 털실과 비오는 회색 하늘이 하나로 조화되어서 뭐라고 말할 수 없이 부드럽고 은은한 색조를 자아내고 있는 것을 깨달았다. 나는 몰랐던 것이다. '의상'이라는 것은 하늘빛과의 조화를 생각하지 않으면 안 된다는 중대한 사실을. 조화란 얼마나 아름답고 멋진 것인가, 새삼 놀라고 멍했다. 비 오는 회색 하늘과 엷은 모란꽃 색의 털실, 이 두 가지를 조합하니까 쌍방이 동시에 싱싱해지는 것이 미묘했다. 손에 들고 있는 털실이 갑자기 따뜻하고 정다워지며, 비 내린 싸늘한 하늘도 벨벳처럼 부드럽게 느껴졌다. 그리하여 모네의 안개 속 사원 그림이 생각났다. 나는 이 털실의 색 때문에 비로소 '짜임새'를 깨달은 느낌이었다. 훌륭한 취미를 가진 어머니는 겨울의 눈 오는 하늘에 이 엷은 모란꽃 색이 얼마나 아름답게 조화되는가를 미리 아시고 일부러 이것을 골라준 것인데 나는 바보같이 싫어만 했다. 그러나 그것을 어린애인 나에게 강요하지 않고 내가 좋은대로 하게 두셨던 어머니. 내가 그 색의 아름다움을 진정으로 알게 될 때까지 이십 년간이나 이 색에 대해서는 한마디도 설명하지 않으시고, 아무 말도 없이 모르시는 척 기다리고만 계셨던 어머니. 새삼 좋은 어머니라고 생각하면서도, 이렇게 좋은 어머니를 나는 나오지와 둘이 골리고 들볶고 괴롭혀서 쇠약케 하여 이제는 돌아가시게 하고 마는 것이 아닌가 하고, 언뜻 견딜 수 없는 공포와 걱정이 구름처럼 가슴속에 솟았다. 나는 이것저것 생각을 펴면 펼수록, 앞날에는 무섭고 나쁜 일만이 예상되었다. 이제 더는 아무리 해도 살아질 것 같지 않은 불안에 싸여 손가락 끝의 힘도 빠져서 뜨개바늘을 무릎에 떨어뜨렸다. 나는 큰 한숨을 쉬고서 얼굴을 위로 젖힌 채 눈을 감고, "어머니." 하고 얼결에 불렀다.

어머니는 방 안 구석의 책상에 기대 책을 읽고 계셨다.

"왜?" 어머니는 의아한 듯 대답하셨다.

나는 당황해서 큰 소리로 말했다.

"마침내 장미꽃이 피었어요, 어머니. 어머니는 알고 계셨어요? 난 이제 알았어요. 마침내 피었네요."

안방 마루 앞에 있는 장미. 그것은 와다 외숙이 옛날에 프랑스인가 영국에서, 지금은 잊어버렸지만 아무튼 먼 곳에서 돌아오실 때 갖고 온 장미인데 이삼 개월 전에 외숙께서 이 산장의 마당으로 옮겨 심어주신 것이다. 오늘 아침 겨우 한 송이가 핀 것을 나는 이미 알고 있었는데도, 지금 할 말이 없는 멋쩍음 때문에 방금 본 것처럼 수선을 피웠다.

꽃은 짙은 자색이고 늠름한 품새와 오만이 깃들어 보였다.

"알고 있었다. 너에게는 그런 것이 매우 중대한 모양이구나." 어머니는 조용히 말씀하셨다.

"그럴지도 몰라요. 한심하지요."

"아니, 너에게는 그런 점이 있다고 말했을 뿐이야. 부엌 성냥갑에다 르누아르의 그림을 붙인다든가, 인형의 손수건을 만들어본다든가, 그런 일이 좋은 것이지. 거기에 마당의 장미만 해도, 네 말을 듣고 있으니까 꼭 살아 있는 사람 얘기를 하는 것 같구나."

"아이가 없어서 그래요."

자기로서도 전혀 생각지 않던 말이 입에서 나왔다. 말하고 나서 질색을 하고 어색한 기분으로 무릎의 뜨개질만을 뒤적거리고 있는데, '스물아홉이나 됐으니.' 하고 말하는 남자 목소리가 수화기로 듣는 것처럼 간지러운 소리로 확실하게 들린 것 같아서 나는 부끄러움에 온몸이 불에 타듯이 뜨거워졌다.

어머니는 아무 말도 안 하시고 다시 책을 읽으신다. 어머니는 오전부터 마스크를 하셔서 그런지 요즈음은 한결 말수가 적어지셨다. 그 마스크는 나오지의 권유에 따라 하고 계시는 것이다.

나오지는 십여 일 전에 남방의 섬에서 새까만 얼굴이 되어서 돌아왔다.

아무런 기별도 없이 돌연 여름 저녁 어스름 때 뒤꼍의 사립짝으로 해서 마당으로 들어왔다.

"야, 지독하네, 취미 없는 집인데. 라이라이켄(來來軒)[6]. 슈마이[7] 있습니다, 하고 간판이라도 써붙이지."

그것이 나와 얼굴을 처음 마주쳤을 때 나오지의 인사였다.

그 이삼일 전부터 어머님은 혀가 아파 누워 계셨다. 혀 끝이 겉으로 아무런 변화도 없는데 움직이면 아파서 못 견디신다고 식사도 묽은 미음뿐이셨다. 의사한테 보이자고 해도 고개를 저으시며, "망신만 당한다." 하고 쓴웃음을 지으시면서 말씀하셨다. 루골용액을 발라드렸지만 전혀 듣지 않는 것 같아서 이상하게도 초조했다.

---

6   1910년 도쿄 아사쿠사에 문을 연 일본 최초의 라면 전문점.
7   일본 만두 종류 중 하나.

그러던 때에 나오지가 돌아온 것이다.

나오지는 어머니 베개맡에 앉아 "안녕하셨어요."라고 인사를 하고는 이내 일어나서 좁은 집안을 여기 저기 둘러보며 다녔고 나는 그 뒤를 따라다녔다.

"어때? 어머니는 변하셨지?"

"변했어, 변했어. 야위어버리셨군. 빨리 돌아가시면 되는 거야. 이런 세상에 어머니 같은 사람은 도저히 살아나갈 수가 없어. 너무나 비참해서 보고 있을 수가 없어."

"나는?"

"천해졌군. 남자가 두세 명이나 있는 것 같은 얼굴을 하고 있는데. 술 있어? 오늘 밤엔 마셔야지."

나는 이 동네에서 유일한 여인숙에 가서 주인댁인 오사키 씨한테 동생이 돌아왔으니 술을 좀 나눠달라고 부탁했다. 오사키 씨는 마침 술이 다 떨어졌다고 했다. 돌아와 나오지에게 그리 말했더니, 나오지는 처음 보는 남남 같은 표정으로 말했다.

"쳇, 네가 서툴러서 그런 거야." 그러곤 내게서 여인숙 있는 곳을 묻고 게다를 신은 채로 뛰어나가버리더니 그 길로 아무리 기다려도 돌아오지 않았다. 나는 나오지가 좋아하는 구운 능금과 달걀 요리를 만들어놓고 식당의 전구도 밝은 것으로 바꿔 끼고 어지간히 오래 기다렸다. 그제야 오사키 씨가 부엌문 쪽으로 얼굴을 들이밀고, "저 좀 보세요.

저, 괜찮을까요? 소주를 잡숫고 계시는데." 하고 그 잉어같이 동그란 눈을 더욱 동그랗게 뜨면서 큰일이라도 난 것처럼 작은 소리로 말했다.

"소주라니요, 그, 메틸이라는 거요?"

"아니요, 메틸은 아니지만."

"마셔서 병이 생기는 건 아니지요?"

"네. 그렇지만……."

"마시게 두세요."

오사키 씨는 침을 삼키는 것처럼 끄덕이고 돌아갔다.

어머니한테로 가서, "오사키 씨 집에서 마시고 있답니다." 하고 말하니까, 어머니는 입을 찡긋 비틀며 웃으시곤, "그럼 아편은 끊은 모양이군. 너는 식사를 마쳐야지. 그리고 오늘 밤은 셋이서 이 방에서 자자. 나오지 이불을 한가운데 두고."

나는 울고 싶은 마음이었다.

밤이 깊어서 나오지는 거칠게 발소리를 내며 돌아왔다. 우리는 안방에서 셋이 한 모기장 속에서 잤다.

"남방의 얘기 좀 어머니께 들려드리지?" 내가 누운 채 말했다.

"아무것도 없어. 아무것도 없어. 다 잊어버렸어. 일본에 도착해서 기차에 오르니 차창으로 보이는 논이 기막히게 아름답게 보이더군. 그것뿐이야. 전등이나 꺼요. 잠이 안 오잖어."

나는 전등을 껐다. 여름 달빛이 홍수처럼 모기장 속에 넘

처 들었다.

다음 날 아침, 나오지는 잠자리에서 배를 깔고 담배를 피우면서 먼 바다를 바라다보며, "혀가 아프시다고요?" 하고 그제야 어머니가 편찮으신 것을 안 것처럼 말했다.

어머니는 다만 나직이 웃으셨다.

"그런 것은 아마 심리적인 것일 거예요. 밤에 입을 벌리고 주무시는 거 아니에요. 단정치 못하게. 마스크를 하세요. 거즈에다 리바놀액이라도 발라가지고 그것을 마스크 속에 넣어두면 돼요."

내가 웃음을 터트리며, "그것이 무슨 요법이래?" 물으니, "미학요법(美學療法)이라는 거야." 했다.

"그렇지만 어머니는 마스크 같은 것은 아마 질색이실걸."

어머니는 마스크뿐만 아니라, 안대고 안경이고 얼굴에다가 무언가를 대는 것엔 아주 질색이셨다.

나는 "그럼 어머니, 마스크 하실래요?" 하고 물었는데, "할게." 하고 정색하고 나직이 대답하시는 바람에 약간 놀랐다. 나오지가 하는 말이라면 어떤 것이든 믿고 따르려고 생각하고 계신 모양이다.

아침 식사 후에 나오지가 말한 대로 거즈에다 리바놀액을 적셔가지고 마스크를 만들어 어머니께 가져갔더니 어머니는 아무 말 없이 받아서 누운 채로 마스크의 끈을 귀에다 거셨다. 그 모습이 아주 어린 여자애 같아서 슬퍼졌다.

점심이 지나자 나오지는 도쿄의 친구와 문학의 스승을 만나러 가겠다고 말하면서 양복으로 갈아입고, 어머니한테 이천 원을 얻어갖곤 도쿄로 떠나버렸다. 나오지는 열흘이 지나도록 돌아오지 않았다. 그리고 어머니는 날마다 마스크를 하시고 나오지를 기다리신다.

"리바놀이라는 거 좋은 약인가봐. 이 마스크를 하니까 혀의 통증이 없어져버리는데."

웃으며 말씀하셨지만 나는 어머니가 거짓말을 하고 계신다고 생각되는 데에는 도리가 없었다. 지금은 이제 다 나으셨다고 말씀하시면서 일어나 계시지만, 식욕은 통 없으신 모양이고, 말수도 훨씬 줄고 해서 나는 이모저모로 속이 상했다. 나오지는 도대체 도쿄에서 뭣을 하고 있는지. 그 소설가 우에하라 씨 같은 사람과 함께 도쿄에서 놀고 다니며 도쿄의 광기(狂氣)의 물결 속에 휩쓸려 있는 것이 틀림없었다. 생각하면 생각할수록 괴롭고 답답해서 어머니한테 돌연 장미꽃 같은 얘기나 하고, 아이가 없어서 그렇다는 둥 나로서도 의외인 괴상한 소리를 하곤 하면서 점점 난처해져갈 따름이었다.

"아!"

나는 소리를 지르며 일어섰으나 막상 어디 갈 곳이 없었다. 몸 하나 추스르지도 못하고 흔들흔들 층계를 밟고 올라가서 2층의 양실로 들어갔다.

이곳은 이제 나오지의 방이 될 곳이다. 며칠 전에 내가 어머니와 상의하여 아래 농가의 나카이 씨에게 거들어달라 해서, 나오지의 옷장이니 책 상자, 장서와 노트가 꽉 차 있는 나무 궤짝 대여섯 개, 아무튼 옛날 니시카타마치의 집에서 나오지 방에 있던 것을 전부 이리로 옮겨놓았다. 나오지가 도쿄에서 돌아오면 나오지가 두고 싶은 위치에 두도록 하려고 우선은 그런 것들을 어수선하게 놓아두었다. 발 들이밀 곳도 없이 흩어진 상자들 속에서 나는 뜻없이 나무 궤짝 하나를 열어보았다. 그 속에서 나오지의 노트를 한 권 꺼냈다. 그 노트의 표지에는 '박꽃 일지'라고 적혀 있었으며, 그 속에는 다음과 같은 것이 가득하게 갈겨 써 있었다. 나오지가 마약중독으로 괴로워하고 있을 시기의 수기 같았다.

속이 탄다. 불타 죽는 느낌이다. 괴로워도 괴롭다고 일언반구도 소리 지를 수 없는, 인간 세상이 시작된 이래 전례 없는 바닥 모를 지옥의 형세를 거짓으로 속이지 마라.

사상? 거짓이다. 주의? 거짓이다. 이상? 거짓이다. 질서? 거짓이다. 성실? 진리? 순수? 모두 거짓이다. 우시지마(牛島)의 등나무는 수령 천 년, 구마노(熊野)의 등나무는 수백 년이라고들 하며 그 꽃송이 같은 것도 전자가 최장 아홉 자, 후자가 댓 자 남짓하다고 하니 다만 그 꽃송이게만 마음이 움직인다.

저것도 사람의 자식, 살아 있다.

논리는 결국 논리에의 사랑이다. 살아 있는 인간에의 사랑이 아니다.

돈과 계집 앞에서는 논리가 쑥스러워서 허겁지겁 도망을 간다.

역사, 철학, 교육, 종교, 법률, 정치, 경제, 사회 같은 학문보다도 한 사람 처녀의 미소가 고상하다고 말한 파우스트 박사의 용감한 실증.

학문이란 허영의 별명이다. 인간이 인간이 아니고저 하는 노력이다.

괴테한테라도 맹세코 말할 수 있다. 나는 어떻게라도 멋지게 쓸 수 있다고. 구성의 빈틈 없이, 적당한 유머와 독자의 눈시울을 적실 비애, 혹은 숙연히 소위 옷깃을 여미게 하는 완벽한 소설, 낭랑히 소리내어 읽으면 그것이 바로 무성영화의 설명이 아닌가. 부끄러워서 써지느냐는 말이다. 도대체 그런 걸작 의식이 치사스럽다는 거야. 소설을 읽고서 옷깃을 여민다니 미친놈의 지랄이다. 그렇다면 차라리 도포를 빼입어야 하지 않으냐는 말이야. 좋은 작품일수록 시치미를 떼지 않지. 나는 친구가 마음속으로 즐거워하며 웃는 얼굴이 보고 싶은 나머지, 한 편의 소설을 일부러 엉터리로 서툴게 써서 준다. 요절복통 배를 움켜쥐고 도망을 가는,

아, 그때의 친구의 즐거워하는 얼굴이라니!

글이 모자라고 사람도 모자라는 꼬락서니, 장난감 나팔을 불면서 여기에 일본 제일의 바보가 있습니다. 당신은 아직 염려 없으십니다. 안녕하십쇼! 하고 기원하는 애정은, 도대체 무엇인가.

친구는 염려스럽다는 얼굴로, 저것이 저놈의 나쁜 버릇이라고, 아깝기 짝이 없다고 말하지만, 안타깝게도 사랑을 받고 있는 줄을 모르는군.

불량자(不良者) 아닌 인간이 있을까.

시시함.

돈이 있었으면.

아니면,

잠든 채로 자연사(自然死)!

약방에 천 원 가까이 빚이 있다. 오늘 전당포 점원을 몰래 집으로 끌고 와서 내 방으로 안내하여, 이 방에서 아무거나 돈이 될 물건이 있느냐, 있으면 갖고 가라. 화급하게 돈이 필요하다, 하고 말했는데 그 점원은 별로 방 안을 살피지도 않고 그만두시지요. 당신 것도 아닌데, 하고 노닥거렸다. 좋다, 그렇다면 내가 오늘날까지 내 돈으로 산 물건만 갖고 가라고 허세를 부리면서 긁어모은 잡동사니들을 보여주었다. 그러나 전당포감이 될 자격이 있는 것은 하나도 없단다.

있다는 것이 외팔의 석고상이다. 이것은 비너스의 오른 팔. 달리아 꽃을 닮은 외팔, 새하얀 외팔, 이것만이 대 위에 놓여져 있다. 그러나 이것을 자세히 보니까, 이것은 비너스가 사나이에게 알몸을 들키고, 어머나, 기겁을 해 부끄러움이 회오리바람을 일으키니 나체가 무참하게 엷은 자주색으로 물들어 화끈거리는 듯 상기되어 왼 몸을 꼬는 그 손짓이다. 그러한 비너스의 숨이 멎을 것 같은 알몸의 수치심이, 손가락에 지문도 없고 손바닥에 한 가닥의 손금도 없는 순백의 날씬한 오른손인 것으로 보는 이의 가슴도 괴로워질 지경으로 서럽게 표현되어 있다. 그러나 이것은 결국 실용성 없는 잡동사니, 점원은 오십 전을 부른다.

그 밖에 파리 근교의 대지도, 직경이 한 자나 되는 셀룰로이드 팽이, 실보다도 가늘게 써지는 특제 펜촉. 점원은 웃으면서 돌아가야겠단다. 기다리라고 저지하고 결국은 책을 산 너비처럼 점원에 지워 일금 오 원정을 빌렸다. 내 책들은 거의 다 문고판이고 그것도 헌책방에서 구입한 것이라 전당값도 이렇게 싼 것이다.

천 원 빚을 갚으려다가 겨우 오 원정이라. 이 세상에서의 내 실력은 대강 이 정도다. 웃을 일이 아니다.

데카당? 그러나 이런 태도가 아니고서는 살아 있을 수가 없다. 그런 소리를 하면서 비난하는 사람보다는, '죽어라!'

라고 말해주는 사람이 고맙다. 시원스러운 것이다. 그런데도 사람은 좀처럼 '죽어라!'라고는 말 안 하는 법이다. 치사하다. 조심스러운 위선자들이여.

정의? 소위 계급투쟁의 본질은 그런 것에 있지 않다. 인간의 도리? 농담 마라. 나는 알고 있다. 자기들의 행복을 위해서 상대를 거꾸러뜨리는 것이다. 죽이는 것이다. '죽어라!'라고 하는 선언이 아니면 무엇이냐? 속이지 말란 말이야.

그러나 우리의 계급에도 쓸 만한 놈은 없다. 백치. 유령. 수전노. 미친개. 대포쟁이인가 하외다. 구름 위에서 오줌이나.

'죽어라!'라는 말을 해주기조차 아깝기만 하다.

전쟁. 일본의 전쟁은 될대로 되라는 식인 것이다.

될 대로 되라는 속에 휩쓸려 죽긴 싫다. 차라리 혼자서 죽고 싶고나.

인간은 거짓말을 할 때는 틀림없이 진지한 얼굴을 한다. 요즈음의 지도자들의 저 진지한 낯짝이여. 웩!

사람한테 존경받을 생각이 없는 사람들과 놀고 싶다. 그러나 그렇게 좋은 사람은 나와 놀아주지 않는다.

내가 조숙(早熟)을 가장했더니, 사람들은 날 조숙하다고 소문냈다. 내가 게으름뱅이 짓을 했더니, 사람들은 날 게으름뱅이라고 소문냈다. 내가 소설을 못 쓰는 척했더니 사람들은 내가 소설을 못 쓴다고 소문냈다. 내가 거짓말쟁이 짓을 했더니 사람들은 날 거짓말쟁이라고 소문냈다. 내가 부자인 척했더니 사람들은 날 부자라고 소문냈다. 내가 냉담을 가장했더니 사람들은 날 냉담한 자식이라고 소문냈다. 그러나 내가 참말로 괴로워서 얼결에 신음을 했더니 사람들은 내가 괴로운 척하는 거라고 소문냈다.

아무래도 어긋나기만 한다.

결국은 자살할 수밖에 도리가 없는 것이 아닐까.

이렇게 괴로워해도 다만 자살로서나 끝날 뿐이라 생각하다, 목청을 터뜨리고 울고 말았다.

봄날 아침. 두서너 송이 꽃이 피었다가 시들어버린 매화 가지에 아침 해가 빛나고 있고, 그 가지에 하이델베르크의 젊은 학생이 목을 매고 늘어져 죽어 있었다.

"어머니, 나를 꾸지람해주세요!"

"어떻게?"

"못난 놈이라고."

"그래. 못난 놈. ……이젠 됐지?"

어머니에게는 비교할 수도 없이 좋은 것이 있다. 어머니

를 생각하면 울고만 싶다. 어머니에게 사과하는 뜻으로라도
죽어야 한다.

용서해주세요. 이번 한 번만 용서해주세요.

해마다
눈이 먼 채로
학(鶴)의 새끼
커가는 것인가
불행히 살도 찌고   (신년시작(新年試作))

모르핀, 아트로몰, 나르코틴, 판토폰, 파피날, 판오핀, 아
트로핀.

자존심이란 뭣이냐, 자존심이란.
인간은, 아니, 사나이는 '나는 잘났다' 따위나 '나에게 근
사한 데가 있는 거다' 하고 생각하지 않고서는 살아갈 수가
없는 것이다.
사람을 싫어하고, 사람들도 싫다 하고.
지혜 다투기.

엄숙＝어리석음.

아무튼 말이야, 살고 있는 것이니까, 거짓부렁이를 하고
있는 게 틀림없는 거야.

　어느 빛 부탁 편지.
　"답장을.
　답장을 주세요.
　그리고 그것이 반드시 기쁜 소식이기를.
　나는 여러 가지의 굴욕을 짐작하고, 혼자서 신음하고 있
습니다.
　연극을 하고 있는 것은 아닙니다. 절대로 그렇진 않습니다.
　부탁합니다.
　나는 부끄러움 때문에 죽을 것만 같습니다.
　과장하는 것이 아닙니다.
　매일매일 답장을 기다리며 밤이나 낮이나 덜덜 떨고 있습
니다.
　내가 모래를 씹지 않게 해주십시오.
　벽에서 킬킬거리는 소리가 들려와, 깊은 밤 자리에서 전
전반측하고 있습니다.
　내게 부끄러운 눈빛을 보내지 말아주세요.
　누님!"

　여기까지 읽고 나는 그 '박꽃 일지'를 덮어 나무 궤짝 속

에 넣고 창문 있는 곳으로 걸어갔다. 나는 창문을 활짝 열고, 하얀 빗발 속에 젖어 있는 마당을 내다보면서 그 무렵의 일들을 생각했다.

벌써 그때로부터 육 년이나 되었다. 나오지의 이 마약중독이 내 이혼의 원인이 되었다. 아니, 그렇게 말해서는 안 된다. 나의 이혼은 나오지의 마약중독이 아니었더라도 다른 무슨 계기로든지 언젠가는 하게 되도록, 그렇게 내가 태어날 때부터 정해져 있었던 것이다.

나오지는 약국에 지불하기 곤란하면 가끔 나에게 돈을 요구했다. 그때는 내가 야마기한테 갓 시집갔을 때라 돈 같은 것이 그렇게 자유로울 수가 없었고, 또한 시댁의 돈을 친정 동생에게 몰래 융통해준다는 것이 무척 거북살스러운 일이고 해서 친정에서 몸종으로 따라온 할멈인 오세키 씨와 상의해서, 내 팔찌나 목걸이나 드레스를 팔곤 했다. 동생은 나에게 돈을 달라는 편지를 보냈다.

지금 나는 괴롭고 부끄럽고 해서 누님하고 마주 보는 것도 전화로 얘기하는 것도 도저히 할 수가 없으니, 돈은 오세키 씨를 시켜 교바시(京橋)의 X동 X번지의 가야노 아파트에 살고 있는, 누님도 이름만은 알고 계실 소설가 우에하라 지로(上院二郎) 씨 댁으로 보내주세요. 우에하라 씨는 악덕한 사람인 것처럼 세상에 소문이 났지만 결코 그런 사람은 아니니까 안심하고 돈을 우에하라 씨 댁으로 전해주십시오, 그러면 우에하라 씨는 이내 나에게 전화로 통지를 해주도록 되어 있으니까 꼭 그렇게 부탁드립니다. 나는 이번 중독을 어머니에게만은 알리고 싶지 않습니다. 어머니가 모르시는 동안에 어떻게 해서라도 이 중독을 고칠 작정입니다. 나는 이번에 누님한테 돈을 얻으면 그것으로 약국의 빚을 다 갚고 그러고서 시오바라(鹽原)의 별장에라도 가서 건강한 몸이 되어 돌아올 작정입니다. 참말입니다. 약국의 빚만 다 갚으면 이제 나는 그날부터 마약을 딱 끊어버릴 것입니다. 신에게 맹세합니다. 믿어주십시오. 어머니에게는 비밀로 해서 오세키 씨를 시켜서 가야노 아파트의 우에하라 씨에게 전해주십시오, 부탁입니다.

나는 그 지시대로 오세키 씨에게 돈을 줘서 몰래 우에하라 씨의 아파트로 보내고는 했다. 동생의 편지 속 맹세는 언제나 거짓이고 시오바라의 별장에도 안 가고 약물중독은 점점 더 지독해지는지 돈을 요구하는 편지의 문장도 비명에 가까운 몸부림의 말투였다. 이번이야말로 약은 끊겠노라고 외면을 하고 싶을 정도로 애절한 맹세를 해오는 바람에 또 거짓말일 것이라 생각하면서도 브로치 같은 것을 오세키 씨에게 팔게 해서 그 돈을 우에하라 씨 아파트로 전해주곤 했다.

"우에하라 씨는 어떤 분이에요?"

"몸집이 작고 안색이 나쁜 붙임성 없는 사람입니다." 오세키 씨가 대답했다. "그런데 아파트에 계신 일은 거의 없으시던데요. 대개는 부인과 예닐곱 살의 딸애와 둘이만 계시던데요. 그 부인은 그렇게 이쁘시진 않지만 아주 착하시고 상냥하시고 훌륭하신 분인 것 같네요. 그 부인에게라면 안심하고 돈을 맡길 수가 있겠어요."

그 무렵의 나는 지금의 나와 비교해서, 아니, 비교할 수조차도 없을 정도로 딴 사람이었다. 얼뜨고 철부지였지만 그렇게 자주 거기에다 점점 거액의 돈을 요구받는 것이 걱정되어 하루는 극장에서 귀가하는 도중에 자동차를 긴자에서 돌려 보내고 혼자 걸어서 교바시의 가야노 아파트를 찾아갔다.

우에하라 씨는 방에서 혼자 신문을 읽고 계셨다. 줄무늬 하카마에 감색 하오리[8]를 걸치고 늙다리도 같기도 하고 젊은 사람도 같기도 한, 이제껏 본 일이 없는 괴수 같은 묘한 첫 인상을 주는 분이었다.

"안사람은 지금 애를 데리고 배급을 받으러 갔는데."

약간 콧소리로 토막토막 끊어서 말씀하셨다. 나를 부인의 친구로 아는 모양이었다. 내가 나오지의 누이라는 것을 알려드리니 우에하라 씨는 살짝 웃었다. 나는 왠지 오싹했다.

8　기모노 위에 입는 짧은 상의.

"나갈까요?"

우에하라 씨는 말이 끝나자마자 벌써 외투를 걸치고 나막신 통에서 새 나막신을 꺼내 신고 성큼성큼 아파트 복도를 앞서 걸어가셨다.

밖은 초겨울의 저녁 어스름. 바람이 찼다. 스미다 강(隅田川)에서 불어오는 강바람이었다. 우에하라 씨는 그 강바람을 밀고 가듯이 오른쪽 어깨를 약간 올리고 둑 있는 쪽으로 말없이 걸어가신다. 나는 잔걸음으로 그 뒤를 따랐다.

도쿄 극장 뒤편 빌딩의 지하실로 들어섰다. 서너 패의 손님이 스무 첩 정도의 기다란 방에서 제각기 탁자를 사이에 두고 조용히 술을 마시고 있었다. 우에하라 씨는 잔으로 술을 마셨다. 그리고 나에게는 다른 잔을 가져오래서 술을 따라 권했다. 나는 그 잔으로 두 잔 마셨는데 아무렇지도 않았다.

우에하라 씨는 술을 마시고 담배를 피우고서는 하염없이 잠자코만 있었다. 나는 그런 곳에 가본 것은 처음인데도 별로 당황하지도 않았고 기분이 좋았다.

"술이라도 마시면 좋겠는데."

"네?"

"아니, 동생 말입니다. 알코올 쪽으로 바꾸면 좋은데요. 나도 옛날에 마약중독에 걸린 일이 있었는데 그것은 사람들이 꺼리고 기분 나빠 한단 말이오. 알코올도 매한가지이지만 사람들이 양보를 한단 말이야. 동생을 술꾼으로 만듭시다. 괜찮지요?"

"저, 한 번 술주정꾼을 본 일이 있어요. 정초에 제가 어디를 가려고 하는데 저희 집 기사님의 친구 분이 자동차 조수석에서 도깨비처럼 빨간 얼굴을 하고서 코를 골면서 자고 있었어요. 내가 놀라서 소리를 지르니까, 운전수가 그것은 술주정꾼이라고 말하면서 자동차에서 끌어 내려서 어깨에 메고 어디론가 데려갔어요. 뼈가 없는 것처럼 축 늘어져가지고 그래도 무엇인가 중얼중얼 말하고 있더군요. 저는 그때 처음으로 술주정꾼을 본 것이지만 재미있던데요."

"나도 술주정꾼입니다."

"어마, 그렇지만 다르시겠지요."

"당신도 술꾼입니다."

"그럴 리 없어요. 나는 주정꾼을 본 일이 있지만 전혀 다르던데요."

우에하라 씨는 비로소 재미난 듯이 웃으시면서, "그렇다면 동생은 술주정꾼이 될 수는 없을지 모르지만 술 마시는 사람이 되는 것이 좋을 겁니다. 자, 돌아갑시다. 늦어지면 곤란합니다." 했다.

"아녜요, 괜찮아요."

"아니, 실은 내가 찜찜해서 그러는 겁니다. 주인댁! 여기 계산!"

"무척 비싼가요? 조금이면 제가 갖고 있는데요."

"그래, 그럼 계산은 당신이."

"모자랄지도 몰라요."

나는 가방 속을 보고서 돈이 얼마 있는지를 우에하라 씨에게 알려줬다.

"그만치면 두세 집은 더 갈 수가 있습니다. 바보 같군."

우에하라 씨는 얼굴을 찌푸리며 말하고는 웃었다.

"어디든 또 드시러 가시겠어요?" 하고 물어봤더니 그는 정색을 하고 머리를 저으며, "아니, 이젠 실컷 했습니다. 택시를 잡아드릴테니 돌아가십시오." 했다.

우리는 지하실의 어두운 계단을 올라갔다. 한 발짝 앞서 올라가던 우에하라 씨가 계단 중턱에서 획하고 돌아서더니 잽싸게 나에게 키스를 했다. 나는 입술을 굳게 다문 채 그것을 받았다.

우에하라 씨를 별로 좋아하지 않았는데도 그때부터 나에게는 간직하게 된 '비밀'이 생겨버리고 말았다. 딸가닥 딸가닥 하고 우에하라 씨는 뛰어서 계단을 올라가고, 나는 이상하게도 말짱한 기분으로 천천히 올라가서 밖으로 나왔다. 강바람이 뺨에 기분 좋게 불어왔다.

우에하라 씨에게 택시를 부탁히여 잡이 탔다. 우리는 아무 말 없이 헤어졌다.

흔들리는 차에서 나는 세상이 갑자기 바다처럼 넓어진 것만 같은 기분이 들었다.

"저에겐 연인이 있어요."

어느 날 나는 남편한테 꾸지람을 듣고서 서운한 김에 슬쩍 그렇게 말했다.

"알아요. 호소다지요? 그렇게도 단념할 수가 없습니까?"

나는 아무 말도 안 했다.

이 문제는 그것이 무엇이든 서로 어색한 일이 생길 때마다 우리 부부 사이에 말썽이 되곤 했다. 이젠 다 틀렸다고 생각했다. 드레스의 옷감을 잘못 재단했을 때처럼 이제는 그 옷감을 다시 꿰매놓을 수가 없어져서 전부 버리고 다시 새로운 옷감으로 재단을 하지 않으면 안 된다.

"혹여 그 배 속의 아기가……."

어느 날 밤 남편한테 그 말을 들었을 때, 나는 너무나 무서워 후들후들 떨었다. 이제 와서 생각하니 나나 남편이나 어렸던 것이다. 나는 연애도 몰랐다. 사랑도 몰랐다. 나는 호소다 씨가 그리는 그림에 열중해서 저런 분의 부인이 된다면 얼마나 아름다운 일상생활을 영위할 수가 있을까. 저렇게 좋은 취미를 갖고 계신 분과 결혼하는 것이 아니면 결혼이라는 것은 무의미하다, 하고 아무에게나 말하고 여기저기 떠들어댔다. 그것 때문에 여러 사람에게 오해를 받기도 했다. 그런데도 나는 연애도 사랑도 모르고 여전히 호소다 씨가 좋다는 것을 공언하고 취소하려고는 안 했기 때문에 이상야릇하게 오해가 꾀어들어서 그 무렵 내 배 속에서 잠들어 있는 아기까지도 남편의 의혹의 표적이 되고 말았다. 그러나 그 누구도 이혼 같은 것을 표면으로 나타내지 않았는데도 어느새 분위기가 서먹해져서 나는 몸종인 오세키 씨와 함께 친정으로 돌아왔다. 그 후로 아기를 사산하고 나는 병들어 누워버렸고, 흐지부지 야마기와의 사이는 멀어져버리고 말았다.

나오지는 내가 이혼한 것에 책임을 느끼는지 나는 죽을래요, 하고 말하고 엉엉 소리를 지르면서 얼굴이 부을 정도로 울었다. 동생에게 약국의 빚이 얼마나 되느냐고 물으니 기절할 정도의 금액이었다. 그것도 동생이 실제 금액을 말 못하고 거짓말을 했다는 것을 뒤에 알았다. 나중에 알게된 실제 총액은 그때 동생이 나에게 가르쳐준 금액의 약 세 배 가까이 되었다.

"나 우에하라 씨를 만났어요. 좋은 분이시데요. 이제부터는 우에하라 씨와 함께 술을 마시고 놀면 어때? 술이란 퍽 싼 것 아니야? 술값 정도라면 내가 언제든지 줄게. 약국의 빚도 걱정할 것 없어. 어떻게든 될 테니까."

내가 우에하라 씨와 만났고 우에하라 씨를 좋은 분이라고 말한 것이 동생을 매우 기쁘게 한 모양인지 동생은 그날 밤 내게서 돈을 얻어가지고 당장 우에하라 씨한테로 놀러 갔다.

중독은 그야말로 정신의 병인지도 모른다. 내가 우에하라 씨를 칭찬하고 동생한테 우에하라 씨의 저서를 빌려서 읽고 훌륭한 분이시라고 말하면, 동생은 누님 같은 사람이 알 리가 없다고 말하면서도 그래도 매우 즐거운 듯이 "그럼 이것을 읽어봐요." 하면서 또 우에하라 씨의 다른 저서를 나에게 읽게 했다. 그러는 동안에 나도 우에하라 씨의 소설을 열심히 읽게 되었으며, 둘이서 우에하라 씨의 이런저런 소문도 주고받곤 했다. 동생은 매일 밤 우에하라 씨한테 의기양양하게 놀러 가서 점점 우에하라 씨의 계획대로 알코올 쪽으로 전환해갔던 모양이다. 약국의 빚에 대한 이야기를 어머니께 몰래 상의했더니 어머니는 쓸쓸한 듯 웃으시며, "생각해봤자 도리가 없으니까 몇 년이 걸릴지 모르지만 매달 조금씩이라도 변제해나가자." 하고 말씀하셨다.

그러고서 벌써 육 년이나 되었다.

박꽃. 아, 동생도 괴로운 것이리라. 더구나 장래가 막힌 채 무엇을 해야 좋을지 아직도 아무것도 모르고 있는 것이리라. 다만 날마다 죽을 것 같은 기분으로 술을 마시고 있는 것이겠지.

차라리 아주 본업으로 불량자가 되어버린다면 어떨까. 그렇게 되는 것이 동생도 도리어 편해지는 것이 아닐까.

불량자 아닌 인간이 있을까, 라고 그 노트에 써 있었지만 그렇게 듣고보니까 나도 불량자, 외숙도 불량자, 어머니조차도 불량자같이 여겨진다. 불량하다는 것은 착하다는 것이 아닐까.

4

글월을 올릴 것인가 말 것인가 무척 망설였습니다. 그러
나 오늘 아침에, '뱀처럼 지혜롭게, 비둘기처럼 순결하게'라
는 예수의 말씀이 언뜻 생각나서 용기를 얻어 글월을 올리
기로 한 것입니다. 나오지의 누이입니다. 잊으셨겠지요. 잊
으셨다면 기억을 되살려주세요.

나오지가 지난번에 방문하고서 여러 가지로 폐를 끼친 것
만 같아서 죄송합니다. (하기는 실상 나오지의 일은 나오지
제멋대로 한 짓이라 제가 주제넘게 사과한다는 것은 난센스
같다는 생각도 들지만요.) 오늘은 나오지의 일이 아니고 저
의 일로 부탁이 있습니다. 교바시의 아파트에서 화재를 당
하시고 지금의 주소로 이사하셨다고 동생인 나오지에게 들
은지라 차라리 도쿄 교외의 그 집으로 찾아 뵈올까 하고 생

83

각도 했습니다. 하지만 어머님이 며칠 전부터 다시 몸이 편 찮으셔서 어머님을 버려두고 상경하는 것이 도저히 어렵기 때문에 글월로써 말씀드리기로 한 것입니다.

우에하라 씨께 상의해보고 싶은 일이 있습니다.

저의 이 상의는 『여대학(女大學)』[9]의 입장에서 보면 매우 교활하고 정숙하지 못한 어쩌면 악질의 범죄가 될 수도 있 지만, 저는, 아니, 우리는 지금 이대로는 도저히 살아갈 수 가 없을 것만 같기에, 동생인 나오지가 이 세상에서 제일로 존경하고 있는 당신에게 저의 거짓 없는 마음을 들려드리고 서 조언을 바라고 싶은 것입니다.

저는 지금의 생활을 견뎌내지 못할 것 같습니다. 좋다 나 쁘다가 아니고 도저히 이대로는 우리 모녀 세 사람은 살아 가질 것 같지가 않습니다.

어제도 괴로워서, 몸은 열이 나고 숨도 차서 제 스스로를 추스르지 못하고 있는데 점심때가 좀 지나서, 비가 오는 와 중에 아래 농가의 처녀가 쌀을 가지고 왔습니다. 그래서 제 쪽에서 약속한 대로 옷가지를 드렸습니다. 그 처녀는 식당 에서 저와 마주 앉아 차를 마시면서 진지하게 말했습니다.

"댁에선 물건을 팔아가지고 앞으로 얼마 동안이나 생활 해갈 수가 있는 거예요?"

---

9   에도 시대의 여자 수신 교양서.

"반년이나, 일 년 정도."

저는 대답했습니다. 그러고서 오른손으로 얼굴을 반쯤 가리고 말했습니다.

"졸려요. 졸려서 죽겠어요."

"피로하신 거예요. 졸리는 신경쇠약이에요."

"그런가봐요."

눈물이 나올 것만 같은 것이, 언뜻 저의 마음속에 리얼리즘이라는 말과 로맨티시즘이라는 말이 떠올랐습니다. 저에게는 리얼리즘이 없습니다. 이런 식으로 살아갈 수가 있을까 생각하니 전신에 한기가 서리는 것 같았습니다. 어머니는 반은 병인이라 누웠다 일어났다 하시고, 동생은 아시다시피 마음의 중환자로, 이곳에 있을 때에는 소주를 마시려고, 이 근처의 여인숙과 주막을 겸한 집으로 개근을 하다시피 합니다. 사흘에 한 번은 우리 옷가지 판 돈을 가지고 도쿄 방면으로 출장입니다. 그러나 괴로운 것은 이런 일들이 아닙니다. 저는 다만 이런 일상생활 속에서 내 자신의 생명의 파초 잎이 떨어져가는 것을 뚜렷하게 예감해야 하는 것이 두려운 것입니다. 도저히 참지 못하겠습니다. 때문에 저는 『여대학』을 어기더라도 지금의 생활에서 탈출해나가고 싶은 것입니다. 그래서 저는 당신에게 상의하는 것입니다.

저는 지금 어머님과 동생에게 분명하게 선언하고 싶습니다. 나는 그전부터 어떤 분을 그리워하고 있으며 나는 장래

그분의 애인으로 살 작정이라는 것을요. 그분은 당신도 분명히 아실 것입니다. 그분 이름의 이니셜은 M·C입니다. 저는 전부터 무슨 괴로운 일이 생기면 그 M·C한테로 달려가고 싶어서 속이 타는 것 같은 안타까움을 간직하고 있습니다.

M·C는 당신처럼 부인도 아이도 있습니다. 그리고 저보다 훨씬 아름답고 젊은 여자 친구도 있는 것 같습니다. 그런데도 저는 M·C한테로 가는 것 이외에는 살아갈 길이 없는 것 같습니다. M·C의 부인을 아직 만나보지는 못했지만 매우 착하고 좋은 분인 것 같습니다. 저는 그 부인 생각을 하면, 스스로가 무서운 여자라고 생각됩니다. 그런데도 저의 지금의 생활은 그것 이상으로 무서운 것인 것만 같아서 M·C에게 의지해갈 수밖에 없습니다. '뱀처럼 지혜롭게, 비둘기처럼 순결하게' 저는 저의 그리움을 성취하고 싶다고 생각합니다. 그러나 분명히 어머님도 동생도 또한 세상 사람들도 누구 하나도 저에게 찬성해주진 않을 것입니다. 당신은 어떻습니까. 저는 결국은 혼자 생각해서 혼자 행동할 수밖에 없기 때문에 이 어렵고 힘든 일을 주위 사람들에게 축복받으면서 이뤄내는 방법은 없을까 하고 아주 까다로운 인수분해 문제의 답안을 생각하는 것처럼 머리를 짜면서, 어디든지 한구석 술술 풀려 나올 실마리가 있을 것만 같은 느낌이 들면 갑자기 명랑해지곤 합니다.

그러나 막상 그 당사자인 M·C 쪽에서 저를 어떻게 생각하실는지를 생각하면 이내 탁 맥이 풀려버립니다. 말하자면 저는 자청해서 쳐들어가는…… 뭐라고 할까요. 자청해서 쳐들어가 앉은 마누라도 아니고 쳐들어가 매달리는 애인 같은 것이기 때문에 M·C 쪽에서 끝내 싫다면 그만, 아무것도 아닙니다. 그래서 당신에게 부탁하는 것입니다. 원컨대 당신이 그분한테 물어봐주십시오. 육 년 전 어느날 저의 가슴에 어렴풋한 무지개가 걸렸는데, 그것은 그리움도 사랑도 아니었지만 세월이 흐를수록 그 무지개는 선명한 색채로 짙어가기 시작하더니 이제는 한시도 저에게서 떠나가질 않습니다. 소나기가 갠 하늘에 걸린 무지개는 결국은 허무하게 꺼져서 사라지지만, 사람 가슴속에 걸린 무지개는 꺼지는 것이 아닌가봅니다. 꼭 좀 그분에게 알아봐주세요. 그분은 저를 어떻게 생각하고 계신지를. 그야말로 비 끝에 걸린 하늘의 무지개처럼 생각하고 계셨던 것인지를. 그리고 이미 옛날에 꺼져버린 무지개였던것인지를.

그렇다면 저도 저의 무지개를 꺼버리지 않으면 안 되겠지요. 그렇지만 저의 생명을 먼저 꺼버리지 않고서는 저의 가슴속 무지개는 꺼질 것 같지가 않습니다.

답장을 바라겠습니다.

우에하라 지로 님(저의 체호프. 마이 체호프. M·C)

저는 요즈음 조금씩 살쪄가고 있습니다. 동물적인 여자가 되어간다고 하기보다, 사람다워졌다고 생각하고 있습니다.

이 여름에는 로런스[10]의 소설을 하나 읽었습니다.

　답장이 없으시기에 다시 한 번 글월을 드립니다. 지난번에 드린 글월은 아주 약은 뱀의 간교 같은 것으로 충만되어 있다는 것을 낱낱이 눈치채신 모양이십니다. 사실 저는 그 글월의 한 줄에다 교활한 지혜를 짜낼 대로 짜내서 썼습니다. 결국 저의 생활을 도와달라는, 돈이 필요하다는 의도만의, 그것만의 글월로 해석하신 것 같습니다. 그리고 저도 그것을 부정은 하지 않겠습니다만, 그러나 제가 다만 저 자신의 후원자가 필요했으면 특별히 당신을 골라서 부탁하지 않았을 것입니다. 다른 사람이라면 얼마든지, 나를 귀여워해 주실 노인인 부자가 얼마든지 있을 것 같습니다. 실제로 요전에는 묘한 혼담 같은 것이 있었습니다. 그분의 이름은 당신도 아실지 모르겠습니다, 예순이 넘은 독신의 노인으로 예술원의 회원이라는 선생님이 저를 얻으려고 이 산장에 오셨습니다. 그 선생은 니시카타마치의 집 근처에 살고 계셨기 때문에 이웃사촌이라는 이름으로 우리와 이따금 만난 일이 있습니다. 언젠가 가을 저녁 어스름이었다고 기억합니다. 저와 어머님 둘이서 자동차로 선생님 댁 앞을 지나가는데, 그 선생님이 혼자서 우두커니 문가에 서 계시더군요. 어

_____

10　D. H. 로런스. 영국의 소설가.

머님이 차창으로 가볍게 인사를 하시니까 그 선생님의 무뚝
뚝하고 새까만 얼굴이 금시에 단풍잎처럼 빨개졌습니다.

저는 시시덕거리면서 말했습니다.

"연애하시나봐. 어머닐 좋아하시는 게지."

그러나 어머님은 진중하게 "아니야, 훌륭한 분이셔."라고
혼잣말처럼 말씀하셨습니다. 예술가를 존경하는 것은 우리
집안의 가풍인 것 같습니다.

그 선생님이 지난해 부인을 잃으셨다고, 와다 외숙과 친
구 사이인 요쿄쿠(謠曲)[11] 솜씨가 대단한 어느 왕족의 소개로
어머님에게 절충이 왔고, 어머님은 제가 마음먹는 대로 직
접 그 선생님에게 답을 드리는 것이 좋다고 하셨습니다. 저
는 싫었기에 별로 깊이 생각할 것도 없이 저에게는 지금 결
혼할 의사가 없다는 사연을 힘도 안 들이고 줄줄줄 써버렸
습니다.

"거질해도 괜찮지요?"

"그야 뭐······. 나도 무리한 얘기라고 생각했다."

그 무렵에 그 선생님은 가루이자와(輕井澤)의 별장 쪽에
계셨기에 그 별장으로 거절의 편지를 드렸습니다. 그러고서
이틀 만에 그 편지와 엇갈려서 그 선생님이 이즈의 온천에
볼 일이 있어 온 김에 잠깐 들렀다고 하시면서 나타나셨습

---

11 가면극 할 때 부르는 가곡.

니다. 저의 거절 편지는 전혀 모르시고 이 산장으로 오신 것이었습니다. 예술가라는 것은 나이가 들어도 이렇게 어린애같이 행동할 수가 있나봅니다.

어머니는 몸이 불편하셔서 제가 접대하러 나가 응접실에서 차를 권했습니다.

"저, 사양하는 글월이 지금쯤 가루이자와에 도착했을 것 같습니다. 저 여러 가지로 생각해봤습니다."라고 말씀드리니까, "그러셨어요." 하고 성급히 말씀하시면서 땀을 닦으시고, "그런데 그것을 다시 한 번 잘 생각해보십시오. 나는 당신을, 뭐라고 말하면 좋을까요, 말하자면 정신적으로는 행복을 줄 수가 없을지 모르지만, 그 대신 물질적으로는 얼마든지 행복하게 해드릴 수가 있습니다. 이것만은 확실하게 말씀드립니다. 어째 얘기가 멋었습니다만……."

"말씀하시는 그 행복이라는 것을 저로서는 잘 모르겠어요. 건방진 소리를 하는 것 같아 죄송합니다. 체호프가 아내에게 쓴 편지에 아이를 낳아달라, 우리의 아이를 낳아달라, 라고 써 있더군요. 니체의 에세이 속에도 '아이를 낳게 하고 싶은 여자'라는 말이 있었습니다. 저는 아이가 필요한 것입니다. 행복이라든가 그런 것은 아무래도 좋은 겁니다. 돈도 필요하지만 아이를 키워갈 만한 돈만 있으면 그것으로 충분한 겁니다."

선생님은 묘한 웃음을 지으시고 말씀하셨습니다.

"당신은 묘한 분입니다. 누구에게나 생각한 대로 말할 수 있는 사람입니다. 당신 같은 분하고 함께하면 내 일에 새로운 영감이 떠오를지도 모르겠습니다."

나이답지도 않게 꺼림칙한 말씀을 하셨습니다. 이런 훌륭한 예술가에게 참말로 저의 힘으로 젊은 영감을 줄 수가 있다면 그것도 사는 보람이 있는 일인 것은 틀림없다고 생각하면서도 저는 그 선생님에게 안길 저의 모습을 도저히 상상할 수가 없었습니다.

"저에겐 그리움의 감정이 없어도 괜찮은 걸까요?"

나는 약간 웃으면서 물었더니 선생님은 진중하게 말씀하셨습니다.

"여자는 그것으로 좋습니다. 여자라는 것은 멍하니 있어도 좋은 것입니다."

"그러나 저 같은 여자는 역시 그리운 마음 없이는 결혼을 생각할 수 없어요. 저는 벌써 어른인걸요. 내년이면 벌써 서른……"이라고 말하다가 이내 입을 가리고 싶었습니다.

서른. '여자에게는 스물아홉까지는 처녀의 냄새가 풍기고 있다. 그러나 서른인 여자의 몸에서는 이젠 어느 구석에도 처녀의 냄새는 없다.' 옛날에 읽은 프랑스 소설 속 그 말이 얼핏 생각났습니다. 견딜 수 없는 쓸쓸함을 느끼면서 밖을 보니까 바다가 한낮의 빛을 받아 유리의 파편처럼 강렬하게 빛나고 있었습니다. 그 소설을 읽었을 때는 그건 그렇

91

겠지, 하고 간단히 긍정하고 심각할 것도 없었는데, 서른으로서 여자의 생활은 끝나버리는 것이라고 예사롭게 믿고 있었던 그 무렵이 그립습니다. 팔찌, 목걸이, 드레스, 벨트. 하나씩 둘씩 저의 몸 주위에서 사라져 없어지면서 제 몸의 처녀 냄새도 차츰 엷어져버린 것이겠지요. 가난한 중년의 여자. 아, 싫습니다. 그러나 중년 여자의 생활에도 여자의 생활이란 것은 역시 있습니다. 요즈음 그것을 알게 된 것입니다. 영국인 여선생이 영국으로 귀국하실 때 열아홉 살인 저에게 이렇게 말씀하셨던 것을 기억합니다.

"당신은 연애를 해서는 안 됩니다. 당신은 연애를 하면 불행해집니다. 연애를 하시려면 더 큰 뒤에 하십시오. 서른이 되고서 하십시오."

그러나 그런 말을 들으면서 저는 멍하니 있었습니다.

서른이 되고 난 후의 일을 그 무렵의 저는 상상조차 못했던 것입니다.

"이 별장을 파신다는 소문을 들었습니다만."

선생님은 심술궂은 표정으로 언뜻 물었습니다. 저는 웃어버렸습니다.

"죄송합니다. 『앵원(櫻園)』^{12}을 생각했습니다. 선생님이 사시겠단 말씀이지요?"

---

12 체호프의 희곡. '벚꽃 동산'으로 번역되어 알려져 있음.

선생님은 불쾌하셨던 모양인지 노한 듯이 입을 찡그리며 아무 말씀도 안 하셨습니다.

어느 왕족의 주택으로 신화폐 오십만 원으로 이 집을 어떻게 하겠다는 이야기가 있었던 것은 사실이지만 아마 그런 소문이라도 선생님이 흘려들으신 모양입니다. 그러나 『앵원』의 로파힌 같이 우리에게 해석되는 것은 억울하다고 완전히 기분이 상하신 모양인지 나중에는 시세 얘기를 잠깐 하시다 돌아가셨습니다.

제가 지금 당신에게 구하고 있는 것은 로파힌이 아닙니다. 그것은 확실하게 말할 수 있습니다. 다만 중년 여자가 쳐들어가 달라붙는 것을 받아주십시오.

제가 처음으로 당신을 만난 것은 벌써 육 년이나 되는 옛날 일입니다. 그때 저는 당신이라는 사람에 대해서 아무것도 몰랐습니다. 다만 동생의 스승님, 그것도 약간 나쁜 스승님, 그렇게만 생각했을 뿐입니다. 그리고 함께 술잔에 술을 마시고, 그리고서는 당신은 언뜻 실없는 장난을 하셨지요. 그런데도 저는 예사였습니다. 도리어 이상하게도 홀가분해진 기분이었습니다. 당신이 좋지도 싫지도 아무렇지도 않았습니다. 그 후에 동생의 비위를 맞춰주느라고 당신의 저서를 동생한테서 빌려 읽었는데, 재미있기도 하고 재미없기도 했지요. 저는 그다지 열렬한 독자도 아니었습니다. 다만 육 년간 어느 사이엔지 당신 생각이 안개처럼 저의 가슴으로 배어들어버린 것입니다. 그날 밤 지하실의 계단에서 우리가 한 짓도 돌연히 생생하고 선명하게 기억되면서 어쩐지 그것은 저의 운명을 결정할 정도의 중대한 일이었던 것 같은 느낌이 들며, 당신이 그리워지고, 이것이 연애일지도 모른다고 생각하니 공연히 허전하고 하염없어져서 혼자서 조용히 울었습니다. 당신은 다른 남자들과는 전혀 다릅니다. 저는 『갈매기』[13]의 니나처럼 작가를 사랑하고 있는 것이 아닙니다. 문학소녀라고 생각하신다면 제 쪽에서 당황할 것입니다. 저는 당신의 아이가 필요한 것입니다.

아주 옛날에 당신이 아직 독신이던 때, 그리고 저도 야마기에게 가기 전에 만나서 둘이 결혼을 하였더라면 지금같이 괴로워하지는 않을 터인데. 그러나 저는 이제 당신과의 결혼은 불가능하다고 단념하고 있습니다. 당신의 부인을 밀어낸다는 그런 야비한 폭력은 저에게는 없고, 싫습니다. 저는 첩(이 말은 하고 싶지 않지만 애인이라고 해봤자 속된 말로 하면 첩인 것이 틀림없으니 분명하게 말하겠습니다)이라도 좋습니다. 그러나 세상에 흔히 있는 첩 생활이라는 것은 무척 어려운 것인가봅니다. 사람들 말로는 첩은 대개 쓸모가 없어지면 버리는 것이라하더군요. 예순 가까이 되면 어떤 남자라도 대개 본처한테로 돌아가는 것이랍니다. 그렇기

---

13 체호프의 희곡.

에 첩으로만은 들어가는 것이 아니라고 니시카타마치의 행랑 할아범과 유모가 얘기하는 것을 들은 일이 있습니다. 그러나 그것은 보통 세상에서의 첩들 이야기고 우리의 경우는 좀 다른 것인 듯합니다. 당신에게 있어 제일 중요한 것은 역시 당신의 일이지요. 그리고 당신도 제가 좋으시다면 둘이서 사이좋게 지내는 것이 당신의 일을 위해서 좋을 것입니다. 그러면 당신의 부인도 우리의 문제를 납득해주실 것입니다. 이런 이상야릇한 억지 논리가 우습기도 하지만 저의 생각은 조금도 틀린 데가 없다고 생각합니다.

문제는 당신의 답장입니다. 제가 좋으신가, 싫으신가, 아니면 아무렇지도 않으신가. 그 회답을 무척 두렵기는 해도 꼭 들어야겠습니다. 지난번의 편지에는 쳐들어가는 애인이라고 쓰고 또 이번 편지에는 중년 여자가 쳐들어가서 달라붙는다고 썼습니다만, 지금 곰곰 생각해보니까 당신에게서 회답이 없으시면 저는 쳐들어가려 해도 아무것도 손에 잡히는 것이 없어 혼자서 우두커니 말라만 갈 것입니다.

지금 얼핏 생각한 것이 있습니다. 당신은 소설 속에서 대담하게 연애의 모험 같은 것을 쓰고 해서, 사회에서 지독한 악한이라고 소문을 듣고 계시지만 실상은 상식가이시지요. 저는 상식이라는 것을 알 수가 없습니다. 하고 싶은 일을 할 수만 있으면 그것으로 좋은 생활이라고 생각합니다. 저는 당신의 아기를 낳고 싶은 것입니다. 다른 사람의 아기는 어떤 일이 있어도 낳고 싶지 않습니다. 그래서 저는 당신에게 상의를 하고 있는 것입니다. 아셨으면 답장을 주세요. 당신의 마음속을 확실히 알려주십시오.

비가 개고 바람이 불기 시작했습니다. 지금은 오후 세 시입니다. 지금부터 고급 술을 배급받으러 갈 것입니다.

럼주 술병 두 개를 자루에 넣고 가슴 호주머니에는 이 편지를 넣고 약 십 분이면 아랫마을에 도착할 것입니다. 이 술은 동생에게 주지 않을 것입니다. 가즈코가 마시겠습니다. 매일 밤 잔으로 한 잔씩 마실 것입니다. 술의 진짜는 잔으로 마시는 것이지요.

이리로 오시지 않겠어요?

M·C 님

오늘도 비가 내립니다. 눈에 보이지 않을 것같이 안개비가 내리고 있습니다.

날마다 외출도 안 하고 답장을 기다리고 있는데도 기어코 오늘까지 아무런 소식이 없으셨습니다. 도대체 당신은 무엇을 생각하시는지요. 지난번의 편지에서 그 대선생님 얘기 같은 것을 썼던 것이 잘못이었나봅니다. 그런 혼담 같은 것으로 경쟁심을 돋우려고 한다고, 그렇게 생각하신 것이 아닌가 싶습니다. 그러나 혼담은 그것으로 그만이었습니다. 아까도 어머님과 그때 얘기를 하면서 웃었습니다. 어머님은 요전에 혀끝이 아프다고 하셔서 나오지 지시대로 미학요법을 하시더니 그 요법으로 인해서 혀의 통증이 가시고 요새는 약간 원기가 좋으십니다.

아까 제가 마루 끝에 서서, 소용돌이를 그리면서 불어가는 안개비를 바라보며 당신의 심정을 생각하고 있노라니 어머님이 식당 쪽에서 부르셨습니다.

"우유를 끓였으니 오너라."

"춥길래 아주 뜨끈하게 해봤지."

우리는 식당에서 김 오르는 뜨거운 우유를 마시면서 전날의 그 대선생님 이야기를 했습니다.

"그분하고 나하고는 전혀 아무 데도 어울리지 않지요?"

어머님도 동의하시며 "어울리지 않지."라고 말씀하셨습니다.

"저는 이렇게 어리광쟁이이고, 거기에다 예술가라는 것이 싫지도 않고, 더군다나 그분에게는 많은 수입이 있으신 것 같으니, 그런 분하고 결혼하면 그야 참 좋겠지만 그러나 안 돼요."

어머님은 웃으시면서, "가즈코는 몹쓸 사람이야. 그렇게 안 된다면서 그날은 그분하고 유유히 무엇인가 즐거운 것 같이 얘기하고 있었잖어. 가즈코의 마음을 알 수 없어."

"어머, 그렇지만 재미있었는걸. 더 많이 여러 가지 얘기를 해보고 싶었는데요. 난 예의를 모르나봐."

"아니지. 추근추근해진 것이지, 가즈코 추근추근이."

어머님은 오늘은 아주 명랑하셨습니다.

그리고 어제 처음으로 업스타일[14]을 한 저의 머리를 보시고, "업스타일은 머리숱이 적은 사람이 해야 좋은 거야. 네 머리는 너무나 풍성해서 금으로 만든 조그만 관이라도 씌워주고 싶은데. 실패예요."

"실망이에요. 그렇지만 어머님이 언젠가 가즈코는 목덜미가 희고 고우니까 되도록 목덜미를 감추지 말라고 말씀하시지 않았어요?"

"그런 것만은 잘 기억하고 있군."

"조금이라도 칭찬받은 것은 일생 안 잊어요. 기억하고 있는 것이 즐거운걸요."

"요전에 그분한테도 뭣인가 칭찬받았지?"

"그래요. 그래서 추근추근이가 된걸요. 저와 함께 있으면 영감이 떠오를지 모르겠다고. 아아, 징그러워. 예술가가 싫지 않지만 그런 인격자같이 거동을 빼는 사람은 아주 질색이야."

"나오지의 선생은 어떤 사람이지?"

저는 움찔하였습니다.

"잘은 모르지만. 어차피 나오지의 선생일 테니 뻔하겠지

요. 딱지 붙은 건달인가봐요."

"딱지 붙은?" 하고 어머님은 즐거운 듯한 눈짓을 하시고 속삭이듯이, "재미있는 말인데. 딱지 붙은 것이면 도리어 안전해서 좋잖아. 방울을 목에 단 고양이 같아서 귀엽기까지 하겠다. 딱지가 안 붙은 건달이 무서운 거지."

"그럴까요?"

좋아서, 너무 좋아서 홀렁하고 몸이 연기가 되어서 하늘로 빨려 들어가는 것 같은 기분이었습니다. 아시겠습니까? 왜 제가 기뻤는지. 알지 못하신다면…… 때릴래요.

정말로 한번 이곳에 놀러 오시지 않겠어요? 제가 나오지 한테 당신을 데리고 오라고 말하는 것도 어째 부자연스럽고 이상하니까, 당신이 심심해서 무심코 이리로 와보신 것처럼 하시고요. 나오지의 안내로 오셔도 좋지만 그러나 되도록 혼자서, 그리고 나오지가 도쿄로 출장 중인 그 사이에 와주시면 좋겠어요. 나오지가 있으면 당신을 나오지에게 빼앗길 것이고 또 당신들은 필시 오사키 씨 댁으로 소주를 마시러 가버린 채 그냥 흐지부지될 것이 뻔하기 때문입니다. 우리 집에서는 조상 대대로 예술가를 좋아했나봅니다. 고린(光琳)이라는 화가도 예전에 우리 교토 집에서 오래 체류하시면서 병풍에다 아름다운 그림을 그려주셨답니다. 그러니까 어머니도 당신이 오신다면 분명히 기뻐해주시리라 믿습니다. 당신은 아마 2층의 양실에서 쉬게 되실 것입니다. 잊지 마시고 전등을 끄고 계세요. 저는 조그만 촛불을 한 손으로 들고 어두운 계단을 올라가서…… 그것은 안 돼요? 너무 빠르지요.

저, 건달이 좋아요. 그것도 딱지 붙은 건달이 좋아요. 그리고 저도 딱지 붙은 건달이 되고 싶어요. 그렇게 하는 수밖엔 저의 살길이 없는 것만 같아요. 당신은 일본 제일의 딱지 붙은 건달이지요. 근래 또다시 많은 사람들이 당신을 더럽고 추하다고 말하면서 무척 미워하고 공격하고 있다는 말을 동생에게 듣고 더욱 당신이 좋아졌습니다. 조만간 점점 저만을 좋아하게 될 거예요. 왠지 그럴 것만 같은 건 어쩔 수가 없습니다. 그리하여 당신은 저와 함께 살며 날마다 즐겁게 일을 할 수가 있을 것입니다. 어렸을 때부터 저는 사람들한테 곧잘 '당신하고 같이 있으면 고통을 잊는다'는 말을 들었습니다. 저는 오늘날까지 사람한테 미움을 산 경험이 없습니다. 모두들 저를 좋은 아이라고 말해주었습니다. 그러니까 당신도 절대로 나를 싫어하실 리가 없으리라고 생각합니다.

만나기만 하면 됩니다. 이제는 답장도 아무것도 필요 없습니다. 만나 뵙고만 싶습니다. 제 쪽에서 도쿄의 당신 댁으로 찾아가면 가장 간단하게 뵐 수가 있는 것이지만, 어머님이 저렇게 반병자셔서 제가 간호사 겸 식모이기 때문에 아무래도 그것은 불가능합니다. 소원입니다. 제발 이곳으로 와주십시오. 한 번만 뵙고 싶습니다. 그리고 만나 뵈면 모든 것을 알 수 있는 일. 제 입의 양 언저리에 생긴 희미한 주름

살을 봐주십시오. 세기(世紀)의 슬픔이 고인 주름살을 봐주십시오. 저의 어떤 말보다도 저의 얼굴이 저의 생각을 정확하게 당신에게 가르쳐줄 것입니다.

처음 드렸던 글월 속에서 저는 가슴속에 걸린 무지개 이야기를 썼습니다만, 그 무지개는 반딧불의 빛깔이나 또는 밤하늘의 별빛같이 그렇게 고상하고 아름다운 것은 아닙니다. 그렇게 담담하고 아득한 그리움이라면 저는 이렇게 괴로워하지 않고 차츰차츰 당신을 잊어버릴 수가 있을 것입니다. 저의 가슴속 무지개는 불꽃의 다리입니다. 가슴이 터져 없어질 것 같은 간절함입니다. 마약중독자가 마약이 떨어져 약을 구할 때의 마음도 이처럼 괴롭고 간절하지는 않을 것 같습니다. 잘못이 아니라고, 요상한 것이 아니라고 생각은 하면서도 언뜻 어처구니없는 바보짓을 저지르려 하고 있는 것은 아닐까 생각하고는 마음이 오싹해질 때도 있기는 합니다. 발광한 게 아닌가 하고 반성을 하는 그런 심정도 있기는 합니다. 그런 저이지만 냉정하게 계획하고 있는 일도 있습니다. 참말로 이리로 한 번만 와주십시오. 언제 와주셔도 틀림없습니다. 저는 아무 데도 안가고, 언제까지나 기다리고 있겠습니다. 저를 믿어주십시오.

다시 한 번 만나주시고 그때 싫으시면 명확하게 말씀해주십시오. 저의 이 가슴속 불꽃은 당신이 점화하신 것이니까, 당신이 끄고서 가십시오. 저 혼자 힘으로는 도저히 끌 수가 없습니다. 좌우간에 만나면, 만나기만 하면 저는 살겠습니다. 『만요(万葉)』[15]나 『겐지모노가타리(源氏物語)』[16]의 시대였다면 제가 말씀드리고 있는 것 같은 것은 아무것도 아닐 텐데. 저의 소망, 당신의 애첩이 되어 당신 아기의 어머니가 되는 일 말입니다.

이 같은 글월을 혹시 조소하는 사람이 있다면, 그 사람은 여자가 살아가는 노력을 조소하는 사람입니다. 여자의 목숨을 조소하는 사람입니다. 저는 항구의 숨 막힐 것 같은 탁한 공기를 견뎌낼 수 없어서 항구 밖은 태풍일지라도 돛을 올리고 싶은 것입니다. 쉬고 있는 돛은 예외없이 지저분합니다. 저를 조소하는 사람들은 틀림없이 모두 쉬고 있는 돛일 것입니다. 아무것도 못하는 자들입니다.

곤란한 여자. 그러나 이 문제로 가장 괴로워하는 것은 저입니다. 이 문제에 대하여 아무것도, 조금도 괴롭지 않은 방관자가 돛을 지저분하게 늘어뜨리고 쉬고 있으면서, 이 문제를 비판하는 것은 난센스입니다. 적당하게 무슨 사상이니 뭐니 하고 언급되고 싶지 않습니다. 저는 무(無)사상입니다. 저는 사상이나 철학을 가지고 행동한 일이 한 번도 없습니다.

세상으로부터 극찬을 받고 존경을 얻고 있는 사람들은 모

---

15 일본 최고의 시가집.
16 일본의 대표적인 고전소설.

두 거짓말쟁이에 가짜라는 것을 저는 알고 있습니다. 저는 세상을 믿지 않습니다. 딱지 붙은 건달만이 저의 편입니다. 딱지 붙은 건달. 저는 그 십자가에만은 매달려 죽어도 좋다고 생각하고 있습니다. 만인에게 비난을 받더라도 저는 대꾸를 해줄 수가 있습니다. 너희는 딱지가 붙지 않은 더 위험한 건달이 아니냐고.

알아주시겠어요?

사랑에는 이유가 없습니다. 꽤나 까다로운 이론 같은 소리를 했습니다. 동생 말투를 흉내 낸 것에 지나지 않았던 것도 같습니다. 그저 오시기를 기다리고 있을 뿐입니다. 다시 한 번 뵙고 싶은 것입니다. 그것뿐입니다.

기다린다. 아, 인간의 생활에는 기쁘다든지, 노한다든지, 슬프다든지, 여러 가지 감정이 있지만, 그것은 인간 생활의 겨우 일 퍼센트를 차지하고 있는 감정이고, 나머지 구십구 퍼센트는 다만 기다리며 사는 것이 아닐까요? 행복의 발소리가 복도에 들려오는 것을 이제나저제나 하고 가슴이 터질 것 같은 마음으로 기다리다가, 속빈 쭉정이처럼 허무하게……. 아아, 인간의 생활이란 너무나 참혹해서 태어나지 않는 게 좋았다고 모두가 생각하는 이 현실. 그리하여 매일 아침부터 밤까지 허망하게 무엇인가를 기다립니다. 참혹함이 지나쳤습니다. 태어나기를 잘했다고, 아, 목숨을, 인간을, 세상을 기뻐해보고 싶습니다.

당신 앞에 걸리적거리는 도덕을 떠넘길 수는 없습니까?

M·C(마이 체호프의 이니셜이 아닙니다. 저는 작가를 사랑하고 있는 것이 아닙니다. 마이 차일드.)

5

　나는 올여름에 어느 남자에게 세 차례나 글월을 주었으나, 답장이 없었다. 아무리 생각해도, 나에게는 그것밖에는 살길이 없다는 생각에 세 개의 글월에 나의 그 가슴속 사연을 엮어서, 해안 절벽 끝에서 노도(怒濤)를 향해 뛰어내리는 기분으로 투항을 했는데 아무리 기다려도 회답이 없었다. 동생인 나오지에게 은근히 그분의 동태를 물어봤더니 그 사람은 아무런 변화도 없이 매일 밤 술만 먹고 다니며, 더욱더 부도덕한 작품만 쓰고 뭇사람들한테 빈축만 사고 미움만 받고 있다고 했다. 그분이 나오지에게 출판업을 시작하자고 권해서 나오지는 신명이 나가지고 그 사람 외에도 두세 명의 소설가에게 고문이 되어달랬으며, 자본을 대줄 사람이 생겼다느니 하는 나오지의 얘기를 듣고 있으면 내가 그리워하고 있는 사람의 분위기에 나의 냄새가 티끌만치도 배어들지 않은 것 같다. 나는 부끄럽다는 생각보다도 이 세상이라는 것이 내가 생각하고 있는 세상과는 고스란히 다른 기묘한 별개의 생물이란 생각이 들었다. 나 혼자만이 뒤에 남아 불러도 외쳐도 아무런 응답이 없는 황혼의 가을 광야에 서 있는 것만 같은, 아직껏 느껴본 일이 없는 처참함에 휩싸였다. 이런 게 실연인 것일까. 광야에 이렇게 서 있다가 해가 지고 밤이 되어 밤이슬에 얼어 죽는 수밖에 달리 도리가 없는 것인가. 생각하니 눈물도 솟지 않는 통곡으로 양어깨와 가슴이 격렬하게 물결치고 숨도 못 쉴 지경이다.

이제 이렇게 된 바에는 어떻게 해서든지 내가 상경하여 우에하라 씨를 뵐 것이다. 나의 돛은 이미 올려졌고, 항구 밖으로 나서고 말았다. 서 있을 수만은 없다. 가는 데까지는 가야만 한다고 마음속으로 상경의 준비를 시작하는 차에 어머님의 병세가 수상해지셨다.

하룻밤 몹시 심한 기침을 하셔서 열을 재보니 삼십구 도였다.

"오늘 날이 추워서 그런 거겠지. 내일이면 나을 거야."

어머니는 기침 섞인 작은 소리로 말씀하셨지만 내게는 아무래도 보통 기침이 아닌 것 같아 내일은 좌우간에 아랫마을 의사를 불러야겠다고 마음을 먹었다.

다음 날 아침, 열은 삼십칠 도로 내리고 기침도 그다지 심하지 않았으나, 나는 의사 선생님에게로 가서 어머니가 요즈음 갑자기 쇠약해지셨다는 것과, 간밤부터 열이 나며 기침도 보통 감기의 기침과 다르다는 것을 말씀드리고서 진찰을 청했다.

선생님은, "그럼 나중에 가겠습니다. 이것은 선물로 들어온 것입니다만." 하시면서 응접실 구석 벽장 속에서 배를 세 개 꺼내주셨다. 그리하여 점심때가 좀 지나서 흰 하카마에 여름 하오리를 입고 선생님이 진찰을 오셨다. 저번처럼 신중하게 오랫동안 청진과 타진을 하시곤 내 쪽으로 돌아앉으셔서, "염려하실 것은 없습니다. 약을 드시면 나을 겁니다." 하고 말씀하셨다.

공연히 우스웠지만 웃음을 참고, "주사는 안 놓으시나요?" 하고 물어보니까 정색을 하시곤, "그럴 필요가 없으십니다. 감기시니까 편안히 계시면 이내 감기가 나을 것입니다."라고 말씀하셨다.

그러나 어머니의 열은 그 후로 일주일이 지났는데도 내리지 않았다. 기침은 가라앉았지만 열은 아침에는 삼십칠 도칠 부 정도이고 저녁이면 삼십구 도가 되었다. 의사 선생님은 그다음 날부터 몸이 불편하시다고 쉬고 계셔서, 내가 약을 타러 가서 어머니 상태가 신통치 않다고 간호사를 통해 선생님께 전했지만, 보통 감기이니 염려 마시라는 대답과 함께 물약과 가루약을 주는 게 전부였다.

나오지는 여전히 도쿄 출장으로, 벌써 열흘째 돌아오지 않고 있었다. 나 혼자서 조바심이 들어 와다 외숙에게 어머님의 병세가 변한 것을 엽서에 적어 기별했다.

발열하고서 열흘째 되는 날, 의사 선생님이 겨우 배탈이 나았다고 하시면서 진찰을 오셨다.

선생님은 어머니의 가슴을 조심스러운 표정으로 진찰하시면서, "알았습니다. 알았습니다."라고 하시고 또 내 쪽으로 돌아앉으시며, "열의 원인을 알 수가 있습니다. 좌폐에 침윤(浸潤)을 일으키셨습니다. 그러나 염려는 없습니다. 열은 당분간 계속되겠지만 조용히 누워 계시면 문제없습니다."라고 말씀하셨다.

'그럴까?' 하고 생각하면서도 물에 빠진 사람 지푸라기 잡는 심리로 의사 선생님의 그 진단에 나는 약간 안심하기도 했다.

의사 선생님이 다녀가신 뒤에, "참 다행이에요, 어머니. 약간의 침윤이라면 보통 사람에게 다 있는 거예요. 마음을 든든히 하고 계시면 문제없이 나을 거예요. 올여름 날씨가 불순해서 그랬나봐요. 여름은 질색이에요. 가즈코는 여름 꽃도 질색이에요." 하고 말했다.

어머니는 눈을 감은 채로 웃으시며, "여름 꽃이 좋은 사람은 여름에 죽는다기에 나도 올여름쯤에 죽는 것인가 생각했는데, 나오지가 돌아와서인지 가을까지 살았네."

그런 나오지라도 역시 어머니가 사는 데 기둥이구나. 그렇게 생각하니까 괴로웠다.

"그렇다면 이제 여름은 지나갔으니 어머니의 위기도 고개를 넘었다는 이치지요. 어머니, 마당에 싸리꽃이 피었어요. 그리고 마타리, 오이풀, 검둥오리, 갈대. 마당은 완연하게 가을 마당이에요. 시월이 되면 아마 열도 꼭 내릴 거예요."

나는 그렇게 기도했다. 하루빨리 이 구월의 후텁지근한 더위, 말하자면 잔서(殘暑)의 계절이 지나갔으면 좋겠다고. 그래서 국화꽃이 피어 맑고 화창한 날씨가 계속되면 틀림없이 어머니도 열이 내리시고 건강해지셔서 나도 그 사람을 만날 수 있을지도 모른다. 아, 빨리 시월이 되어서 어머니의 열이 내렸으면.

와다의 외숙께 엽서를 보내고 일주일쯤 돼서 외숙의 주선으로 그전에 시의(侍醫)를 하셨다는 미야케(三宅) 노선생이 간호사를 데리고 도쿄에서 진찰을 오셨다.

노선생은 돌아가신 아버님과도 알고 지내셨던 분이라 어머니는 무척 기뻐하시는 눈치였다. 그리고 노선생은 옛날부터 격식이 없고 말투도 거친 분인데 그것이 또한 어머니 마음에 드신 모양이어서 그날은 진찰 같은 것은 뒤로 미루고 두 분이 무언가를 터놓고 대화하며 즐거워하셨다. 내가 부엌에서 푸딩을 만들어 안방으로 갖고 갔더니, 그사이에 벌써 진찰을 마치셨는지 노선생이 청진기를 목걸이마냥 어깨에다 늘어뜨리고서 마루의 등의자에 앉으셨다.

"나 같은 이는 하코방에 들러 우동을 선 채로 먹곤 합니
다만, 맛이 있는지 없는지도 모릅니다."라고 시시한 잡담을
계속하셨다. 어머니도 무심한 표정으로 듣고 계셨다. 아무
렇지도 않으신 것이구나. 안심이 되었다.

"어떠신 거예요? 이 마을의 선생님은 가슴 왼쪽에 침윤이
있으시다고 그리 말씀하시던데요."

나는 갑자기 신이 나서 미야케 씨에게 물었더니 선생은
힘도 안 들이고 가볍게 말씀하셨다.

"뭐 염려 없습니다."

"참 다행이네요, 어머니. 문제없으시대요."

나는 진정으로 미소 지으며 어머니께 말을 건넸다.

그때 미야케 씨가 등의자에서 불끈 일어서서 응접실 쪽으
로 가셨다. 뭔가 내게 용무가 있으신 것 같아 보여 조용히
그 뒤를 따랐다.

노선생은 응접실의 족자 밑에 가서 서시더니, "그르륵 그
르륵 소리가 들리는데……."라고 말씀하셨다.

"침윤이 아닌가요?"

"아니지."

"기관지염은요?"

나는 벌써 눈물을 지은 채 물어봤다.

"아닌걸."

결핵! 그것이라고 생각하고 싶지 않았다. 폐렴이나 침윤이나 기관지염이라면 꼭 내 힘으로 고쳐드린다. 그러나 결핵이라면, 아아! 이젠 다 틀렸는지도 모른다. 발밑이 무너져 내리는 것만 같았다.

"소리가 아주 나쁜가요? 그르륵 소리가 들리나요?"

의지할 것이 없어진 나는 흐느껴 울었다.

"왼쪽도 오른쪽도 전부 그런걸."

"그렇지만 어머니는 근력이 좋으신데요. 진지도 맛있다 맛있다 하시는데……."

"할 수 없어."

"아녜요. 네, 아니지요? 버터나 달걀, 우유를 많이 드시면 낫겠지요? 몸에 저항력만 생기면 열도 내리는 것 아녜요?"

"응. 뭐든 많이 드셔야지."

"네? 그렇지요? 토마토도 매일 다섯 개씩 잡수시는데."

"응, 토마토는 좋지."

"그럼 염려 없군요? 낫겠지요?"

"그러나 이번은 좀 위험한걸. 아무튼 그런 줄 알고 있는 게 좋아."

사람의 힘으로는 도저히 할 수 없는 일이 이 세상에는 많이 있다는, 절망의 벽이라는 존재를 생전 처음으로 깨달은 느낌이었다.

"이태요? 삼 년이요?" 나는 온몸을 떨면서 작은 소리로 물었다.

"모르겠어. 좌우간에 손을 댈 도리가 없어."

미야케 씨는 그날 이즈의 나가오카 온천의 여관에 예약을 했다고 하시면서 간호사와 함께 돌아가셨다. 문밖까지 배웅해드리고 뜀박질을 해서 방으로 와, 어머니 베개맡에 앉아 아무 일도 없었던 것처럼 웃었다. 그러니 어머니는, "선생이 뭐라고 하시든?" 하고 물으셨다.

"열만 내리면 된대요."

"가슴 쪽은?"

"별것 아닌가봐요. 왜 언젠가 병이 있으셨지요, 그것 같은 건가봐. 이제 선선해지면 아주 튼튼해지실걸."

나는 나의 거짓말을 믿고 싶었다. 위험하다는 둥 무서운 말은 잊고만 싶었다. 나에게 어머니가 돌아가신다는 것은, 나의 육체도 함께 소실해버리는 것이니까. 모든 것을 잊고 어머니에게 좋은 음식을 많이 만들어드려야지. 생선, 수프, 통조림, 간, 육즙, 토마토, 달걀, 우유, 초밥, 두부가 있으면 좋을 텐데. 두부 된장찌개, 흰 입쌀밥, 떡. 맛있게 드실 것은 무엇이든 나의 모든 것을 다 팔아서라도 어머니께 음식을 해드려야지.

나는 일어나서 응접실로 갔다. 응접실의 침대 의자를 안방 마루로 옮겨서 어머니 얼굴이 보이도록 앉았다. 쉬고 계신 어머니의 얼굴은 조금도 환자 같지 않았다. 눈은 아름답게 맑았고, 안색은 생생하기만 하셨다. 매일 아침 규칙적으로 일어나셔서 세수를 하시고, 그러고는 욕실의 곁방에서 머리를 빗으시고, 몸단장을 깨끗이 하시고서 침상으로 돌아오셔서 이불 위에 앉으신 채 진지를 드신다. 그러고는 누웠다 일어났다 하시면서 오전 중에는 신문이나 책을 읽으신다. 열은 오후에만 끓었다.

'참말 어머니는 원기가 좋으셔. 틀림없이 좋아지셨어.' 나는 마음속으로 미야케 씨의 진단을 부정해보곤 했다.

시월이 되어 국화꽃이 필 무렵이 되기만 하면, 하고 생각하는 동안 나는 어렴풋이 선잠이 들었다.

현실에선 한 번도 본 일이 없는 풍경인데도, 꿈에서는 이따금 보았던 풍경이 펼쳐졌다. '아, 또 여길 왔군.' 하는 생각이 드는 낯익은 숲 속의 호숫가에 내가 있었다. 나는 기모노 차림의 청년과 발소리도 없이 함께 걷고 있었다. 풍경 전체가 초록빛 안개에 매달려 있는 느낌이었다. 물속 바닥엔 희고 화려한 다리가 가라앉아 있었다.

"아, 다리가 가라앉아요. 오늘은 아무 데도 못 가요, 여기 호텔에서 쉬어요. 틀림없이 빈방이 있을 거예요."

호숫가에는 석조 호텔이 있었다. 그 호텔의 돌은 초록색 안개로 축축하게 젖어 있었다. 돌로 된 문 위에 금문자로 가늘게 'HOTEL SWITZERLAND'라고 조각되어 있었다. 'SWI……' 하고 읽고 있는 동안에 뜻밖에 어머니가 생각났다. 어머니는 어떻게 되는 것일까? 어머니도 이 호텔에 계시는 것일까? 그렇게 청년과 함께 돌문을 지나 앞마당에 들어섰다. 안개 낀 마당에 자양화(紫陽花)와 비슷한 커다랗고 빨간 꽃이 흩어져 있는 것을 보고 이상하게도 서러워졌는데, 역시 빨간 자양화 꽃이 참말로 있는 것이구나, 하고 생각했다.

"춥지 않어?"

"네, 조금. 안개에 귀가 젖어서, 귀 뒤가 차요. 어머니는 어떻게 되시는 걸까요?"

나는 웃으면서 물었다. 청년은 매우 슬픈 듯 착하고 사랑스럽게 미소를 지으며 대답했다.

"그분은 무덤 속에 계십니다."

"아…….."

나는 나직이 외쳤다. 그랬던 것이다. 어머니는 벌써 안 계셨던 것이다. 어머니 장례식도 이미 다 치렀던 것이 아닌가. 아, 어머니는 이미 돌아가신 거야. 깨닫고는 말 못할 쓸쓸함에 전신을 떨다가 눈을 떴다.

베란다는 이미 황혼이었다. 비가 내리고 있었다. 초록의 쓸쓸함이 꿈속에서처럼 주위에 깃들어 있었다.

"어머니."

나는 어머니를 불러보았다.

"뭐 하고 있니?"

어머니의 대답이 돌아왔다.

나는 기쁨에 곧장 일어서서 안방으로 갔다.

"지금요, 저 자고 있었어요."

"그래. 무얼 하고 있나 생각했지. 퍽도 긴 낮잠인데." 어머니는 재미난 듯이 웃으셨다. 나는 어머니가 이렇게 우아하게 숨을 쉬며 살아 계시다는 것이 너무나 기쁘고 고마워서 또 눈물짓고 말았다.

"저녁 반찬은요? 뭐 드시고 싶은 거라도 있어요?"

나는 약간 들뜬 말투로 말했다.

"괜찮아요, 아무것도 생각이 없어. 오늘은 삼십구 도 오 부나 올랐어."

나는 금세 납작코가 되었다. 그리고 어찌할 바를 몰라 어두운 방 안을 멍하니 둘러보았다. 나는 문득 죽고 싶었다.

"어떻게 된 것일까요. 삼십구 도 오 부라니."

"별거 아냐. 다만 열이 나기 전이 싫어. 머리가 약간 아프고 한기가 있다가 열이 나거든."

밖은 이미 어두워졌다. 비는 멎은 것 같은데 바람이 불기 시작했다. 불을 켜놓고서 식당으로 가려고 하니까 어머니가, "눈이 부시니 켜지 마." 하신다.

"어두운 데 가만히 누워 계시는 것이 싫지 않아요?" 내가 선 채로 물으니까, "눈을 감고 누워 있는 것이라 매한가지지. 조금도 쓸쓸하지 않아. 도리어 눈부신 것이 싫어. 지금

115

부터는 늘 여기는 불을 켜지 말아요." 하셨다.

　나에게는 그런 것조차 불길한 느낌이라, 아무 말 없이 불을 끄고 곁방으로 가서 스탠드에 불을 켰다. 나는 못 견디게 외로워져서 이내 식당으로 가 통조림의 고등어를 찬밥에 얹어 먹었다. 내 눈에선 뚝뚝 눈물이 떨어졌다.

　밤이 되면서 바람이 점점 강하게 불고, 아홉 시경부터 비가 섞이더니 본격적인 폭풍우가 되었다. 이삼일 전에 말아 올렸던 마루 끝의 주렴이 타당 타당 소리를 내며 흔들렸다. 나는 곁방에서 로자 룩셈부르크의 『경제학 입문』을 묘한 흥분을 느끼면서 읽고 있었다. 이것은 내가 며칠 전에 2층 나오지 방에서 갖고 온 것인데, 그때 이것과 함께 레닌 전집과 카우츠키의 『사회혁명』 같은 것도 무단히 빌려다가 곁방 내 책상 위에다 얹어놨다. 그랬더니 아침에 어머니가 세수를 하고 돌아오시다가 내 책상 곁을 지나시면서 언뜻 그 책 세 권이 눈에 띄었는지 일일이 손으로 들어서 보시더니, 조그맣게 한숨을 쉬시고 책상 위에 살짝 내려놓고 쓸쓸한 얼굴로 내 쪽을 언뜻 보셨다. 그 눈짓은 깊은 슬픔에 충만되어 있었지만 결코 거부나 혐오의 그것은 아니었다. 어머니가 읽는 책은 빅토르 위고, 뒤마 부자, 뮈세, 도데 같은 것이지만, 그런 감미로운 이야기가 담긴 책에도 혁명의 냄새가 나는 것을 알 수 있다. 어머니처럼 '천성의 교양'을 갖고 계신 분은 실은 아무렇지도 않게, 당연한 것으로 혁명을 맞을 수 있을지도 모른다. 나만 해도, 이렇게 로자 룩셈부르크의 책을 읽고 있으면 자신이 멋에 겨운 것 같은 생각이 없는 것도 아니다. 그러나 역시 나는 나름으로 깊은 흥미를 느낀다. 여기에 쓰여 있는 것은 경제학이라고 하지만 경제학으로 읽으면 매우 재미없다. 실로 단순하고 뻔한 것뿐이다. 아니, 혹은 나에게 경제학은 전혀 이해할 수 없는 것인지도 모른다. 좌우간에 나로서는 전혀 재미가 없다. 인간이라고 하는 것은 치사한 것이며, 또한 영원히 치사한 것이라는 전제가 없이는 전혀 성립이 안 되는 학문이어서 치사스럽지 않은 사람에게는 분배의 문제고 뭣이고 통 흥미를 끌지 못한다. 그런데도 나는 이 책을 읽으면서 엉뚱한 데서 묘한 흥분을 느낀다. 책의 저자가 아무런 주저도 없이 닥치는 대로 묵은 사상을 파괴해가는 저돌적인 용기가 그렇다. 도덕을 어기는 것이 될지언정 사랑하는 사람의 품으로 선선히 달려가 안기는 유부녀의 모습조차 느껴진다. 파괴 사상. 파괴는 서럽고, 슬프고, 아름다운 것이다. 파괴하고 다시 세워서 완성하고자 하는 꿈, 그리고 한번 파괴하면 영원히 완성의 날이 오지 않는다 해도, 그런데도 달려가는 그리움 때문에 파괴해야만 한다. 혁명을 일으키지 않으면 안 되는 것이다. 로자는 마르크시즘을 향해 완전히 기울어진 슬픈 사랑을 하고 있다.

십이 년 전의 겨울이었다.

"너는 사라시나 일기(更級日記)[17] 속 소녀로구나. 무슨 말을 해봤자 헛일이야."

그리 말하면서 나를 떠나가버린 친구. 나는 그때 그 친구에게 레닌의 책을 읽지 않고 돌려주었다.

"읽었어?"

"미안해. 못 읽었어."

니콜라이 교회당이 보이는 다리 위였다.

"왜? 어째서?"

그 친구는 나보다 삼 센티 정도는 키가 크고, 어학이 우수했으며, 빨간 베레모가 잘 어울려 모나리자를 닮았다고 소문난 아름다운 사람이었다.

"표지 색이 싫어서."

"엉뚱하네. 그런 게 아니지? 사실은 내가 무서워진 거지?"

"무섭긴 왜. 난 표지 색이 아주 싫었어."

"그래."

친구는 섭섭한 듯이 나를 보고 '사라시나 일기' 속 소녀라고 말하고 다시 무슨 말을 해봤자 헛일이라고 결론을 내린 것이었다.

우리는 한동안 말없이 겨울 강을 내려다보고 있었다.

"안녕해요. 혹시 이것이 영원의 이별이라면 영원히 안녕

---

17 11세기 중반에 쓰인 일본 여인의 일기체 신변기.

하도록, 바이런."

친구는 그렇게 말하고는 바이런의 시구를 원문으로 빠르게 외고 나를 가볍게 안았다.

난 부끄러워서, "미안했어."라고 조그맣게 사과를 하고 오차노미즈 역 쪽으로 걸어갔다. 가다가 돌아보니 그 친구는 아직도 다리 위에 선 채로 꼼짝 않고 나를 바라보고 있었다.

그것으로 끝. 그 친구를 못 만났다. 같은 외국인 교사의 집에 다녔지만 학교가 달랐다.

그날로부터 십이 년이나 되었는데도 나는 역시 사라시나 일기의 소녀에서 한 발짝도 나아가지 못하고 있다. 도대체 나는 그동안 무엇을 하였던 것일까. 혁명을 동경한 일도 없었고, 사랑조차도 몰랐다. 오늘날까지 이 세상의 어른들은 이 혁명과 연애 두 가지를 가장 어리석고 저주스러운 것이라고 우리에게 가르쳐주었다. 전쟁 전에나 전쟁 중에도 우리는 그런 줄로만 믿고 있었는데, 패전 후 우리는 세상의 어른들을 신뢰하지 않게 되었고, 무엇이건 간에 그 사람들이 말하는 것의 반대쪽에 진짜로 사는 길이 있을 것만 같은 생각이 들기 시작했다. 혁명이나 사랑도 실은 이 세상에서 제일 좋고 가장 재미있는 일이라, 너무나 좋은 것이기 때문에 어른들은 심술궂게도 우리에게 파란 포도라고 거짓으로 가르쳐주었던 것이 틀림없다고 생각하게 된 것이다. 나는 확신하고 싶다. 인간은 사랑과 혁명을 위하여 태어났다는 것을.

스르륵 장지가 열리고 어머니가 웃으며 얼굴을 보이셨다.

"아직도 깨어 있어? 졸리지 않아?"

책상 위의 시계를 보니까 열두 시였다.

"네. 전혀 졸리지 않아요. 이 사회주의 책을 읽고 있으니까 흥분이 되고 말았어요."

"그래. 술이 없나? 그런 때는 술을 마시고 쉬면 이내 잠드는데."

어머니는 골리는 듯한 어조로 말씀하셨는데 그 태도에는 어디인지 데카당과 종이 한 장 차이의 요염함이 있었다.

드디어 시월이 되었는데도 맑게 갠 가을 하늘은 되지 않고 봄비 철처럼 눅눅하고 후텁지근한 더위가 계속되었다. 그리고 어머님의 열은 여전히 매일 저녁이 되면 삼십팔 도와 구 도 사이를 오르내렸다.

그런데 어느 날 아침 나는 두려운 것을 보고 말았다. 어머니의 손이 부어 있는 것이다. 아침 진지가 제일 맛있으시다고 말씀하시던 어머님도 요즈음은 침상에 앉아서 겨우 미음을 한 공기 남짓 드시고 찬도 냄새가 강한 것은 아예 못 드신다. 그날은 맑은 송이국을 드렸는데도 역시 송이 향기조차 싫어진 모양인지 그릇을 입끝까지 가져가셨을 뿐 도로 힘없이 상 위에 놓으셨다. 그때 나는 어머니의 손을 보고 깜짝 놀랐다. 오른손이 부어서 둥그스름해져 있었다.

"어머니! 손 아무렇지 않아요?"

얼굴도 약간 푸른 기미로 부은 것 같아 보였다.

"아무렇지 않아. 이런 정도인걸, 아무렇지도 않아."

"언제부터 부었어요?"

어머니는 눈부신 것 같은 표정으로 아무 말도 안 하신다.
나는 소리를 지르며 울고 싶어졌다. 이런 손은 어머니의 손
이 아니다. 다른 집 아주머니의 손이다. 우리 어머니 손은
더 가늘고 작은 손인데, 내가 너무나 잘 알고 있는 손, 착한
손, 귀여운 손, 그 손은 영원히 없어져버린 것일까. 왼손은
아직 그렇게 부어 있지는 않았지만 아무튼 비참했고, 더 이
상 보고 있을 수가 없어서 나는 눈길을 돌려 도코노마(床の
間)[18]의 꽃바구니를 노려봤다.

눈물이 날 것 같아 참을 수가 없어 슬그머니 일어나서 식
당으로 갔더니 나오지가 혼자서 반숙한 달걀을 먹고 있었
다. 나오지는 이따금 집에 있는 일이 있어도, 밤에는 으레
오사키 씨에게 가서 소주를 마시고, 아침에는 찌푸린 얼굴
로 밥도 없이 반숙한 달걀을 네댓 개 먹을 뿐이며, 그러고는
다시 2층으로 가서 자다 일어났다 한다.

"어머니 손이 부어서……."

나오지에게 말을 시작하다 계속할 수가 없어서 나는 엎드

---

18 바닥을 한 단 높여서 벽에는 족자를 걸고, 바닥에는 꽃이나 장식물을 꾸며놓는 공간.

린 채 어깨로 울었다.

나오지는 아무 말이 없었다. 나는 탁자 끝을 잡고 말했다.

"이젠 틀렸어. 나오지는 몰랐지? 저렇게 부으면 이젠 틀린 거야."

나오지는 어두운 얼굴을 하고 말했다.

"이제 가까웠군. 그럼, 에이, 시시하게 돼가는군."

"나 다시 한 번 고치고 싶어요. 어떻게라도 해서 낫게 해드리고 싶어요."

내가 두 손을 꼭 쥐면서 말하니까, 돌연히 나오지가 실쭉실쭉 울기 시작했다.

"아무것도 신통한 일이 없군. 우리에겐 아무것도 신통한 꼴이라곤 없는 거야."

나오지는 아무렇게나 주먹으로 눈을 문질렀다.

그날, 나오지는 와다 외숙에게 어머니의 용태를 보고하고 이후의 일에 대한 지시를 얻으려 상경했고, 나는 어머니 곁에 있는 동안, 아침부터 밤까지 줄곧 울기만 했다. 아침 안개를 헤치고 우유를 찾으러 갈 때나 거울 앞에서 머리를 빗으면서, 입술에 루즈를 칠하면서, 나는 울기만 했다. 어머니와 지낸 행복했던 날의 이런저런 일들이 그림처럼 떠올라서 눈물만 흘러내렸다.

어두워진 저녁에 응접실의 베란다에 나가서 오랫동안 흐느껴 울었다. 가을 하늘에 별이 빛나고 있었고, 발밑에는 이

옷집 고양이가 웅크린 채 움직이지 않고 있었다.

다음 날, 손의 부기가 전날보다도 심해졌다. 식사는 아무 것도 안 잡수셨다. 오렌지 주스도 입이 거칠어, 아려서 못 마시겠다 하셨다.

"어머니, 그럼 또 나오지의 그 마스크를 하시지."

나는 웃으면서 말할 작정이었던 것이 말을 하는 도중에 괴로워져서 소리 내어 울고 말았다.

"날마다 바빠서 피곤하겠지. 간호사에게 부탁해봐."

어머니는 조용히 말씀하셨다. 당신의 몸보다도 가즈코의 몸을 걱정해주시고 있는 것을 깨달으니 도리어 더 슬퍼져서 얼른 일어나서 욕실 곁방으로 달려가 실컷 울었다.

점심이 좀 지나서 나오지가 미야케 선생님과 그의 간호사 두 사람을 데리고 왔다.

언제나 농담만 하시는 노선생도 이번에는 화난 표정으로 성큼성큼 병실로 들어가시더니 이내 진찰을 시작하셨다. 그 러고는 누구에겐지도 모르게, "약해지셨는데요." 하고 한마 디 나직이 말씀하시고 캠퍼[19]를 주사해주셨다.

"선생님 숙소는?" 하고 어머니는 헛소리하듯 말씀하셨다.

"이번에도 나가오카입니다. 예약해놨으니까 염려 마십시 오. 이 환자는, 남의 일을 걱정하지 마시고 좀 더 응석을 피우

---

19 강심제의 일종.

서서 잡수시고 싶으신 것은 무엇이든 많이 잡수시도록 하지 않으면 안 되겠습니다. 영양을 섭취하면 좋아질 겁니다. 내일 또 오겠습니다. 간호사를 한 사람 두고 갈 터이니 부리세요."

노선생은 병상의 어머니를 향하여 큰 소리로 말하고, 그러고는 이내 나오지에게 눈짓을 하고서 일어나셨다.

나오지 혼자서 선생과 동행의 간호사를 배웅해주러 갔다. 이윽고 돌아온 나오지의 얼굴을 보니 울고 싶은 것을 참고 있는 얼굴이었다.

우리는 살그머니 병실을 나와서 식당으로 갔다.

"틀렸다지? 그렇지?"

"그만해."

나오지는 입을 찡그리며 웃었다.

"엉터리없이 쇠약이 급격하게 온 모양이야. 오늘 내일을 모르겠다고 말하잖아."

말하고 있는 동안에 나오지의 눈에서 눈물이 쏟아져 나왔다.

"여기저기 전보를 치지 않아도 괜찮을까?"

나는 도리어 말짱하게 진정하고서 말했다.

"그건 외숙하고 상의했는데, 외숙은 지금은 그렇게 사람들을 들끓게 할 수 있는 시대가 아니라고 하셨어. 오셔도 이렇게 좁은 집에서는 도리어 실례가 되고, 이 근처에는 쓸 만한 여관도 없지, 또 나가오카의 온천도 방을 둘이나 셋도 예약하지 못하니, 즉, 우리는 이제 가난뱅이라 그런 높은 사람들을 불러 모실 힘이 없다는 거야. 외숙은 뒤에 곧 오겠지만, 그자는 옛날부터 치사해서 의뢰도 아무 도움도 안 돼. 어젯밤만 해도 어머니의 병 걱정은 제쳐놓고 나에게 지독하니 설교만 했다고. 치사스러운 자한테 설교 듣고 눈이 떠졌다는 자식은 고금동서에 걸쳐서 한 사람도 있었다는 예가 없거든. 누이와 동생이지만 어머니와 그자는 아주 하늘과 땅의 차이니 무얼 해보잘 수가 있어야지. 딱 질색이야."

"하지만 나는 아니더라도 나오지는 이제부터 외숙께 의지하지 않으면……."

"천만에. 차라리 거지가 되는 것이 나아. 누님이야말로 외숙에게 잘 매달려야 하잖아."

"나에게는……."

눈물이 나왔다.

"나에게는 갈 곳이 있어."

"혼담? 정했나?"

"아니."

"자립? 직업 부인? 집어치워, 집어치워."

"자립도 아니고, 나 말이야, 혁명가가 될 거야."

"뭐?"

나오지는 어처구니없다는 얼굴로 나를 보았다.

그때 미야케 선생이 데려온 간호사가 나를 불렀다.

"안어른께서 무슨 용건이 있으신가봐요."

서둘러 병실로 가서 이불 곁에 앉으며 얼굴을 가까이 하고 물었다.

"왜요?"

그러나 어머니는 무슨 말인가 하실 듯하시다 아무 말도 안 하신다.

"물?" 하고 물었더니, 희미하게 고개를 저으신다. 물도 아닌 모양이었다. 어머니는 한참 만에 작은 목소리로 말씀하셨다.

"꿈을 꿨어."

"그래요? 무슨 꿈?"

"뱀 꿈."

나는 아찔했다.

"마루 끝의 뜰돌 위에 빨간 무늬가 있는 암뱀이 있을 테니, 가봐."

전신이 싸늘해지는 심정으로 일어나 마루로 가서 유리창 너머로 보니 뜰돌 위에 뱀이 가을 햇빛을 받으며 길게 늘어져 있었다. 나는 눈앞이 아물아물해지는 현기증을 느꼈다.

'나는 너를 알고 있다. 너는 그때보다는 좀 더 커졌고 늙은 것 같지만 그러나 나 때문에 알을 태우게 된 그 암뱀이지. 너의 복수를 이제 잘 알고 있으니까 저리로 가거라. 어서 저리로 가다오.'

그렇게 마음속으로 빌면서 그 뱀을 바라보고 있었으나 뱀은 좀처럼 움직이지 않았다. 나는 왜 그런지 그 뱀을 간호사에게 보이고 싶지가 않았다. 탕! 세게 발을 구르고서, "없는데요, 어머니. 꿈이라는 건 대중이 안 되는 거예요."라고 일부러 큰 소리로 말하면서 힐끔 뜰돌 쪽을 보니까, 뱀은 그제야 몸을 움직여 슬슬 돌에서 흘러 내려가고 있었다.

이젠 틀렸다. 틀린 것이다. 그 뱀을 보고서야 비로소 이런 체념이 나의 마음속 바닥에서 솟아났다. 아버님이 돌아가실 때에도 머리맡에 검고 작은 뱀이 있었다고 하며, 또 그때 마당의 나무라는 나무에는 죄다 뱀이 감겨 붙어 있던 것을 나는 보았다.

어머니는 요 위에 일어나 앉으실 근력도 없어지신 모양으로 계속 의식이 흐린 상태이다. 이제 몸도 완전히 간호사에게 내맡기신 채고, 식사도 거의 목에서 넘기지 못하시는 것만 같다. 뱀을 보고 나서는, 슬픔의 밑바닥을 뚫고 솟아난 마음의 평안 같은 행복을 닮은 마음의 여유가 생겨나서 이렇게 된 바에는 될 수 있으면 어머님 곁에 붙어 있어야겠다고 생각했다.

그리하여 그다음 날부터 나는 어머니 머리맡에 꼭 붙어 앉아서 뜨개질을 했다. 나는 뜨개질이나 바느질이 딴 사람보다 무척 빠르지만, 그 대신 솜씨가 서투르다. 그래서 늘 어머니가 그 서투른 곳을 일일이 손을 대어 가르쳐주셨다. 그날도 나는 별로 뜨고 싶은 마음은 없었지마는 어머니 곁에 꼼짝 않고 붙어 앉아 있어도 부자연스럽지 않은 모양을 내려고 털실 상자를 갖다놓고 여념 없는 듯 뜨개질을 시작했다.

어머니는 내 손끝을 우두커니 바라보시며, "가즈코, 양말 뜨는 것이지? 그렇다면 여덟 올을 더 늘려야지, 신을 때 힘들 거야."라고 말씀하셨다.

나는 어릴 때 아무리 뜨개질을 배워도 끝내 잘 떠지지가 않았는데, 그때처럼 어리둥절하고 또한 부끄럽고, 다정스럽고 한 것이 아아, 이제는 이렇게 어머니한테서 가르침을 받는 것도 이것이 마지막이구나 생각하니까, 기어이 눈물이 쏟아져 뜨개질거리를 제대로 볼 수 없었다.

어머니는 이렇게 주무실 때에는 조금도 괴로우신 것 같지 않았다. 식사는 오늘 아침부터 전혀 못하시고 거즈를 차에 담갔다가 이따금 입을 축여드릴 뿐인데, 의식은 뚜렷하셔서 때때로 내게 고즈넉이 말을 청해오신다.

"신문에 폐하의 사진이 실린 것 같던데 또 한 번 보여줘."

나는 신문의 그 면을 어머니 얼굴 위로 펼쳐 보여드렸다.

"늙으셨군."

"아녜요. 이것은 사진이 나쁜 거예요. 요전번 사진 같은 것은 아주 젊고 즐거워하시고 있는 것 같던데요. 도리어 이렇게 된 시대를 좋아하고 계실 거예요."

"왜?"

"그럴 것이, 폐하도 이제 해방되었으니까."

어머님은 섭섭한 것 같이 웃으셨다.

그러고는 한참 있다가, "울고 싶어도 이제 눈물이 나오지 않아."라고 말씀하셨다.

나는 어머니가 지금 행복하신 것이 아닐까, 언뜻 생각했다. 행복이라는 것은 비애의 강물 바닥에 가라앉아서 희미하게 빛나는 사금(砂金)이 아닐까. 슬픔의 극한을 통과하고 난 뒤에 보이는 불가사의하게 어슴푸레한 빛. 그것이 행복이라면 폐하도 어머니도 나도 분명히 지금 행복한 것이다. 조용한 가을의 오전. 햇살이 부드러운 가을의 정원. 나는 뜨개질을 멈추고 가슴 높이에서 반짝거리는 바다를 바라보면서 말했다.

"어머니, 나는 오늘날까지 어지간히 세상을 몰랐어요."

그리고 더욱 하고 싶은 말이 있었지만 방 한구석에서 정맥주사를 준비하고 있는 간호사에게 들리는 것이 부끄러워 말을 멈췄다.

"오늘날까지라니……." 어머니는 엷게 웃으시면서, "그럼 지금은 세상을 알고 있니?"라고 캐물었다.

나는 웬일인지 얼굴이 빨개졌다.

"세상은 알 수 없어." 어머니는 얼굴을 저쪽으로 돌리시고 혼잣말처럼 작은 소리로 말씀하셨다. "나에게는 알 도리가 없어. 알고 있는 사람이 없지 않어? 언제까지 가더라도 모두 어린애지. 아무것도 알고 있질 못하잖아."

그렇지만 나는 살아나가지 않으면 안 되는 것이다. 어린

애인 나는 지금부터 세상과 싸우면서 살아가야만 한다. 아, 어머니처럼 사람과 싸우지 않고, 미워하지 않고, 원망하지 않고, 아름답고 슬픈 생애를 마칠 수 있는 사람은 이제 어머니가 마지막이며, 지금부터의 세상에는 존재할 수가 없는 것이 아닐까. 죽어가는 사람은 아름답다. 산다는 것. 살아남는 것, 그것은 매우 추하고 피의 냄새가 나는 지저분한 것이라는 생각이 든다. 나는 몸을 감추고 굴을 파는 뱀의 모습을 상상했다. 그러나 나에게는 단념할 수 없는 것이 있다. 비루할지라도 할 수 없다. 나는 살아남아서 결심한 일을 이루기 위하여 세상과 싸워야 한다. 어머니가 드디어 돌아가신다는 것이 결정되니까, 나의 로맨티시즘이나 감상이 차츰 사라지고 어쩐지 내가 빈틈없이 약고 교활한 동물로 변화해가는 것 같다.

그날 점심이 지나서 내가 어머니 곁에서 입을 축여드리고 있으니까 문밖에 자동차가 멈추었다. 와다 외숙이 외숙모와 함께 도쿄에서 자동차로 달려와주신 것이다. 외숙께서 병실로 들어오셔서 어머님 머리맡에 말없이 앉으시니까, 어머니는 손수건으로 얼굴의 아래를 반쯤 가리고 외숙의 얼굴을 쳐다보면서 우셨다. 그러나 우는 얼굴이 되었을 뿐 눈물은 안 나왔다. 인형 같은 느낌이었다.

"나오지는 어디에?" 한참 만에 어머니는 내 쪽을 보시며 말씀하셨다.

나는 2층으로 가서, 자기 방의 소파에 드러누워서 신간 잡지를 읽고 있는 나오지를 불렀다.

"어머님이 불러요."

"에잇, 또 눈물바다에 한숨바단가. 그대들은 잘들 참고 그곳에 버티고 있군. 신경이 둔한 거지. 박정한 거지. 우리는 도저히 괴로워서 실로 마음은 원해도 육체가 약하여, 도저히 어머니 곁에 있을 기력이 없는데."

나오지는 혼자서 중얼거리며 윗도리를 입고서 나와 함께 2층에서 내려왔다.

둘이서 나란히 어머님 베개맡에 앉으니까, 어머니는 돌연 이불 밑에서 손을 내시더니 아무 말 없이 나오지에게 손가락질하시고, 그리고, 또 나에게 손가락질하시고, 그러고는 외숙 쪽으로 얼굴을 향하면서 두 손바닥을 딱 붙여 합장하셨다.

외숙은 크게 끄덕거리면서 말씀하셨다.

"네, 알았어요. 알았어요."

어머니는 안심하신 것처럼 눈을 가볍게 감고, 손을 이불 속으로 조용히 넣으셨다.

나도 울고, 나오지는 엎드려서 흐느꼈다.

미야케 노선생이 나가오카에서 오셔서 우선 주사를 놓았다. 어머니는 외숙을 만날 수 있어서 더는 마음에 걸리는 것이 없다고 생각이 드셨는지, "선생님, 속히 편하게 쉬게 해주세요."라고 말씀하시는 것이었다.

노선생과 외숙은 얼굴을 마주 보며 아무 말을 못하셨으나 두 분의 눈에서 눈물이 이슬처럼 빛났다.

나는 일어나서 식당으로 갔다. 외숙께서 즐겨 드시는 기쓰네 우동[20]을 만들어서 노선생, 나오지, 외숙모 것까지 사인분을 응접실로 갖고 갔다. 그러고서 외숙께서 가져오신 마루노우치 호텔의 샌드위치를 어머니께 보여드리고 어머니 머리맡에 놓았다.

"바쁘지?" 어머니는 말씀하셨다.

응접실에서 여럿이 잠깐 잡담을 하였다. 외숙과 외숙모는 아무래도 오늘 밤 도쿄로 돌아가야만 하는 용건이 있으시다면서 나에게 위문의 돈 봉투를 주셨고, 노선생도 간호사와 함께 돌아가시기로 하고, 남겨둔 간호사에게 여러 가지 요령을 분부하셨다. 아직은 의식도 확실하시고, 심장도 그렇게 쇠약한 것이 아니니까 주사만으로도 사오일은 문제없으실 것이라고 해서 그날은 일단 모두들 자동차로 도쿄로 돌아가시기로 했다.

여러분을 배웅하고서 안방으로 가니까 어머니가 나에게만 웃어주시는 정다운 웃음을 띄우시며 또다시 속삭이듯 작은 소리로 말씀하셨다.

---

20 '여우 우동'이라는 뜻으로 유부 국수를 말함.

"바빴지?"

그 얼굴은 싱싱하였으며 도리어 윤기 나게 빛나는 것 같았다. 외숙을 만나서 반가우셨던 모양이시라고, 나는 생각했다.

"아니요."

나는 약간 들뜬 것 같은 기분으로 방긋이 웃었다.

이것이 어머니와의 마지막 대화였다.

그런 후 세 시간쯤 돼서 어머니는 돌아가셨다. 가을의 조용한 황혼, 간호사에게 맥을 짚이신 채, 나오지와 나 단 두 사람의 육친 앞에서 임종하신, 일본 최후의 귀부인이었던 아름다운 어머니.

돌아가신 어머니의 얼굴은 전혀 변화가 없으셨다. 아버지는 금세 안색이 변하셨는데, 어머니는 얼굴빛이 전혀 변하지 않은 채, 호흡만이 멎었다. 호흡이 멎은 것이 언제인지 확실하게 모를 정도였다. 얼굴의 부기도 전날부터 빠져서 볼이 납처럼 고왔고, 엷은 입술이 희미하게 이그러져 있어서 미소를 짓고 계신 것 같았다. 살아 계실 때의 어머니보다도 한결 곱고 예쁘셨다. 피에타의 마리아를 닮으셨다는 생각을 했다.

6

전투, 개시.

언제까지나 슬픔에 잠겨 있을 수만도 없다. 나에게는 기
필코 싸워서 찾아야만 할 것이 있다. 새로운 윤리. 아니, 그
렇게 말하는 것은 위선이다. 사랑. 그것뿐이다. 노자가 새로
운 경제학에 의지하지 않으면 살 수가 없었던 것처럼, 나는
이제 사랑 하나에 매달리지 않으면 살 수가 없다. 예수가 이
세상의 종교가, 도덕가, 학자, 권위자의 위선을 폭로하고 하
느님의 참다운 애정이라는 것을 조금도 주저하지 않고, 있
는 그대로를 여러 사람에게 전해주기 위하여 그의 열두 제
자를 사방으로 파견하려고 할 때에 제자들에게 가르쳐주었
던 말씀은 지금의 내 경우에도 전혀 무관하지 않은 것 같다.

"너희 전대에 금이나 은이나 동을 가지지 말고 여행을 위하여 배낭이나 두 벌 옷이나 신이나 지팡이를 가지지 말라. 보라. 내가 너희를 보냄이 양을 이리 가운데로 보냄과 같도다. 그러므로 너희는 뱀같이 지혜롭고 비둘기같이 순결하라. 사람들을 삼가라. 또 너희가 나로 말미암아 총독들과 임금들 앞에 끌려가리니. 너희를 넘겨 줄 때에 어떻게 또는 무엇을 말할까 염려하지 말라. 그 때에 너희에게 할 말을 주시리니 말하는 이는 너희가 아니라 너희 속에서 말씀하시는 이 곧 너희 아버지의 성령이시니라. 또 너희가 내 이름으로 말미암아 모든 사람에게 미움을 받을 것이나 끝까지 견디는 자는 구원을 얻으리라. 이 동네에서 너희를 박해하거든 저 동네로 피하라. 내가 진실로 너희에게 이르노니 이스라엘의 모든 동네를 다 다니지 못하여서 인자가 오리라. 몸은 죽여도 영혼은 능히 죽이지 못하는 자들을 두려워하지 말고 오직 몸과 영혼을 능히 지옥에 멸하실 수 있는 이를 두려워하라. 내가 세상에 화평을 주러 온 줄로 생각하지 말라. 화평이 아니요 검을 주러 왔노라. 내가 온 것은 사람이 그 아버지와, 딸이 어머니와, 며느리가 시어머니와 불화하게 하려 함이니 사람의 원수가 자기 집안 식구리라. 아버지나 어머니를 나보다 더 사랑하는 자는 내게 합당하지 아니하고 아들이나 딸을 나보다 더 사랑하는 자도 내게 합당하지 아니하며 또 자기 십자가를 지고 나를 따르지 않는 자도 내게 합당하지 아니하니라. 자기 목숨을 얻는 자는 잃을 것이요 나를 위하여 자기 목숨을 잃는 자는 얻으리라."[21]

전투, 개시.

만약에 내가 사랑 때문에 예수의 이 가르침을 틀림없이 지킬 수 있다는 것을 약속하면 예수님은 꾸지람하실까. 왜 남녀 간의 '사랑'은 나쁘고, 사람 사이의 '사랑'은 좋은 것인지 나로서는 알 수가 없다. 똑같은 것이라는 생각이 자꾸 든다. 무엇인지 알 수 없는 사랑 때문에 그리움 때문에 그 슬픔 때문에 몸과 영혼을 지옥에서 멸망시킬 수 있는 자. 아아, 나야말로 그런 사람이라고 주장하고 싶은 것이다.

외숙의 도움으로 어머니 밀장(密葬)을 이즈에서 치르고, 본장(本葬)은 도쿄에서 마쳤다. 나오지와 나는 이즈의 산장으로 돌아왔다. 서로 얼굴을 마주치는 일이 있어도 말을 안 하는 어색한 생활을 하면서, 나오지는 출판업의 자본금에 쓴다면서 어머님의 패물을 몽땅 들고 나갔다. 그리고 도쿄에서 마시고 또 마신 끝에 지쳐서 이즈의 산장으로 중병자처럼 창백한 얼굴을 하고 비슬비슬 돌아와서는 누워 있곤 한다. 하루는 댄서 같은 젊은 여자를 데려오더니, 나오지도 약간 멋쩍은 듯한 태도이기에, "오늘 나 도쿄 가도 괜찮지?

---

21 마태복음 제10장 9~39절의 내용 중 일부.

친구들한테 오랜만에 놀러 가고 싶어. 두세 밤 묵고 올 테니, 집 잘 봐줘요. 식사는 저분한테 해달라 하고." 그리 말했다. 나는 나오지의 약점을 정면으로 이용해서 말하자면 뱀처럼 지혜롭게, 가방에다 화장품과 빵을 넣어가지고, 아주 자연스럽게 그 사람을 만나기 위하여 상경할 수가 있었다.

도쿄 교외 쇼센[22] 오기쿠보(荻窪) 역 북쪽 출구에서 하차하면 그곳에서 이십 분 정도로 그 사람의 대전(大戰) 후의 새 집으로 갈 수 있다는 것을 나오지에게서 들어 알고 있었다.

찬 바람이 세게 불던 날이었다. 오기쿠보 역에서 나왔을 때는 벌써 사방이 어둑어둑하였다. 나는 길 가는 사람을 붙들고 그 사람의 집 주소를 말해 길을 안내받았으나, 한 시간 가까이 어두운 교외를 헤맸다. 맥이 풀리고 눈물이 나올 지경인데, 나중엔 자갈길의 돌에 부딪쳐서 나막신 끈이 뚝 끊어지고 말았다. 어찌할 바를 모르고 우두커니 서서 언뜻 보니까, 오른쪽에 있는 두 칸 연립주택의 한쪽 집의 문패가 밤눈에도 환히 보였다. 그것이 꼭 '우에하라'라고 써진 것만 같아서, 한쪽은 버선발인 채로 그 집 현관으로 달려가서 문패를 자세히 보니까, 분명하게 '우에하라 지로'라고 적혀 있었다. 그러나 집 안은 캄캄했다.

어떻게 할 것인가. 한동안 망설였으나, 할 수 없이 몸을

---

22 민영화 이전에 부르던 철도선 이름.

내던지는 기분으로 현관의 문살에 쓰러질 듯이 다가서 기댄 채 말했다.

"실례하겠습니다."

나는 두 손가락으로 문살을 쓰다듬으며 다시 한 번 "우에하라 씨." 작은 소리로 속삭이듯 불러봤다.

대답이 있었다. 그러나 그것은 여자의 목소리였다.

현관문이 안으로 열리고, 갸름한 얼굴에 예스러운 정취의 나보다 서너 살 위로 보이는 여자가 현관의 어둠 속에서 빙긋이 웃으며, "누구신지요?" 하고 물었다. 그 말투에는 아무런 악의도 경계의 기색도 없었다.

"저, 실은……."

그런데도 나는 나의 이름을 대지 못하고 말았다. 이 사람에 대해서만은 나의 사랑도 기묘하게 뒤가 켕기는 느낌이었다. 주저주저하다가 아주 비굴하게, "선생님은, 안 계신가요?" 하고 물었다.

"네." 하고 대답하면서 딱하다는 얼굴로, "그러나 가는 곳이라곤 대개……." 하고 말했다.

"먼가요?"

"아니요." 여자는 우스운 듯 입에다 손을 대고 말했다.

"오기쿠보입니다. 역전의 '시라이시'라는 오뎅집에 가시면 대개 행선지를 알 수가 있습니다."

나는 날 것 같은 마음이었다.

"아, 그렇군요."

"어머, 신발이……."

나는 여자의 권유에 현관 안으로 들어가서 마루 끝에 앉았다. 그러곤 부인한테 나막신이 끊어졌을 때 쓰는 가죽끈을 얻어 나막신을 고쳤다. 그동안에 부인은 촛불을 켜서 현관으로 갖다주면서, "마침 전구가 둘 다 끊어졌어요. 요사이 전구는 턱없이 비싸기만 하고 잘 끊어져서 탈이에요. 주인이 계시면 사주실 테지만, 어젯밤도 그제 밤도 돌아오시지 않았기 때문에 우리는 오늘로 사흘 밤을 무일푼 초저녁 잠이랍니다."라고 하면서 아주 태평하게 웃었다. 부인 뒤에는 열두세 살 정도의 좀처럼 사람을 따를 것 같지 않고 아주 마른, 큰 눈의 여자아이가 서 있었다.

적. 그렇게까지는 생각하진 않았지만, 그러나 이 부인과 아이를 언젠가는 적으로 생각하고 미워하게 될 것이 틀림없다. 그리 생각하니까 내 사랑도 순식간에 걷히는 것 같은 생각이 들었다. 나막신을 신고 일어나서 두 손을 툭툭 털어 흙을 떨어뜨리면서, 서글픔이 전신을 휩싸는 괴로움을 못 참고, 방 안으로 뛰어들면서 어둠 속에서 부인의 손을 잡고 울어버리고 싶은 충동이 일었으나, 그렇게 하고 난 뒤의 내 멋쩍고 쑥스러운 처지를 생각하고서 단념했다.

"고마웠습니다." 나는 지나치게 정중히 인사를 하고 밖으로 나왔다. 찬 바람을 맞으면서 생각했다.

전투, 개시. 사랑한다. 좋아한다. 애달프다. 참말 사랑한다. 참말 좋다. 참말 애달프다. 그리운 것이니까 할 수 없다. 좋으니까 할 수 없다. 애달프니까 할 수 없다. 그 부인은 드물게 보는 착한 분이다. 그 따님도 귀엽다. 그렇지만 나는 신의 심판대 앞에 서더라도 조금도 나 자신이 잘못이라고 생각하지 않는다. 사람은 사랑과 혁명을 위하여 태어난 것이니까. 신이 벌할 이치가 없다. 나는 티끌만치도 잘못이 없다. 진심으로 좋으니까 당당하다. 그이를 한 번 만나볼 때까지는 두 밤이고 세 밤이고 한뎃잠을 자도 좋다…….

역전의 시라이시라는 오뎅집은 이내 찾았다. 그러나 그는 없었다.

"분명 아사가야(阿佐ケ谷)입니다. 아사가야 역의 북쪽 길로 곧장 가시다가, 백오십 미터쯤 가다보면 철물점이 있어요. 거기에서 오른쪽으로 한 오십 미터쯤 가면 '야나기야(柳屋)'라는 작은 요릿집이 있습니다."

역으로 가서 차표를 사가지고 도쿄행 쇼센을 탔다. 아사가야 역에서 내려 북쪽으로 백오십 미터, 철물점에서 오른쪽으로 오십 미터. 야나기야는 조용했다.

"방금 돌아가셨습니다. 이제부터 니시오기(西荻)의 치도리로 가서 밤을 새워 마신다고 하시던데."

나보다도 젊고 침착하고 얌전한 것이, 이 사람, 그이가 죽자 살자 한다는 오스데 씨인가 싶었다.

"치도리? 니시오기의 어느 쪽이죠?"

답답해서 눈물이 날 것 같았다. 내가 지금 미친 것이 아닐까 생각도 해봤다.

"잘은 모르지만, 니시오기 역에 내려서 남쪽의 왼쪽으로 들어간 곳이라던데, 파출소에서 물어보면 알 수 있지 않을까요. 아무래도 한 집으로서는 끝장이 안 나는 사람이니까 치도리로 가기 전에 또 어디 딴 곳에 갔을지도 모르지요."

"치도리로 가봐야겠군요. 안녕히 계세요."

다시 되돌아서 아사가야 역에서 쇼센으로 다치카와(立川) 행을 타고, 오기쿠보, 니시오기쿠보. 역의 남쪽에서 내려서 찬 바람을 맞으며 허둥거리다 파출소를 발견했다. 치도리의 방향을 묻고 가르쳐준 대로 밤길을 뛰다시피 했고, 치도리의 파란 등을 보자마자 생각할 것도 없이 문을 열었다.

현관 안을 지나니 바로 담배 연기가 자욱한 여섯 첩 정도의 방이 있었다. 열 사람쯤 되는 이들이 커다란 상에 둘러앉아 요란스럽게 떠들며 술을 마시고 있었다. 나보다도 젊은 색시도 세 사람 섞여서 담배를 피우고 술을 마시고 있었다.

나는 현관 안에서 선 채로 둘러봤다. 찾았다. 꿈을 꾸는 것 같았다. 달라졌다. 육 년, 생판 딴사람이 되어버린 것이다.

이것이 그, 나의 무지개, M·C, 나의 산 보람인 그 사람일까. 육 년. 흐트러진 머리는 옛날 그대로이지만 딱하게도 적갈색으로 바랬고, 얼굴은 누렇게 뜬 것 같았다. 눈은 언저리

141

가 벌겋게 짓무른 것 같았고, 앞니가 빠진 입을 우물우물하고 있는 것이 한 마리의 늙은 원숭이가 등을 구부리고 방 한 구석에 앉아 있는 것만 같았다.

색시 중 한 사람이 나를 발견하고서 눈으로 우에하라 씨에게 내가 온 것을 알렸다. 그이는 앉은 채로 그 가늘고 긴 목을 뽑아 내가 있는 쪽을 보더니 아무런 표정도 없이, 턱으로 올라오라고 시늉을 했다. 한패의 사람들은 나에게 아무런 관심도 없는 것처럼 떠들기만 했다. 그런 중에도 조금씩 자리를 조여서 우에하라 씨의 바로 옆에 내 자리를 만들어 주었다.

나는 아무 말도 않고 앉았다. 우에하라 씨는 나의 잔에다 술을 넘치게 부어주었다. 그리고 자기 잔에도 술을 첨잔하고서, "건배." 하고 쉰 목소리로 나직하게 말했다.

두 개의 술잔이 힘없이 부딪치며 짤깍 하는 슬픈 울림을 만들었다.

기로친, 기로친, 슈르슈르슈, 하고 누가 소리를 지르니까, 그것에 호응하여 또 한 사람이 기로친, 기로친, 슈르슈르슈, 하고 말하면서 짤강하고 소리 높여 잔을 부딪치고는 쭉 들이킨다. 기로친, 기로친, 슈르슈르슈, 기로친, 기로친, 슈르슈르슈. 여기저기에서 그 엉터리 노래를 합창하며 마구 잔을 부딪치면서 건배를 한다. 그렇게 우스꽝스러운 리듬으로 장단을 맞추어 억지로 술을 목으로 흘려 넘기는 모양이었다.

"그럼 실례." 하고 비실대면서 돌아가는 사람이 있는가 하면, 새로운 손님이 슬그머니 들어와서 우에하라 씨에게 약간 인사를 하고는 한패 속으로 끼어든다.

"우에하라 씨, 거기 말입니다. 우에하라 씨, 거기 말이지요, '아아아'라고 하는 데 말입니다. 거기는 어떤 식으로 말하면 됩니까? '아, 아, 아'입니까? '아아, 아'입니까?"

열심히 묻고 있는 사람은 분명히 나도 무대 위에서 그 얼굴을 본 기억이 있는 연극 배우 후지다(藤田)였다.

"'아아, 아'지. 아아, 아 치도리의 술은 비싸기만 하다. 이런 식이지." 우에하라 씨가 답했다.

"돈 얘기뿐여." 색시가 끼어든다.

"두 마리 참새에 일 전이면 그것은 비싼 것입니까? 싼 것입니까?" 젊은 신사도 한몫한다.

"'한 푼도 남김 없이 갚아야만'이라는 말씀도 있고, 어떤 자에게는 오 달란트, 어떤 자에게는 이 달란트, 어떤 자에게는 일 달란트라는 매우 까다로운 우화도 있듯이 그리스도도 셈에는 꽤 좀스러웠던 모양이야." 딴 신사가 말했다.

"거기다 그 자식 술꾼이었어. 이상하게도 성경에 술에 비유한 이야기가 많다고 생각했더니 과연 그랬어. '보라, 술을 즐기는 사람'이라고 비난받았다고 성경에 기록되어 있거든. 술을 마시는 사람이 아니고, 술을 즐기는 사람이라고 했으니까, 상당한 술꾼이 틀림없어. 아마 한 되 정도는 될걸."

또 딴 신사가 거들었다.

"치워, 치워. 아아, 아, 그대들은 도덕에 짓눌려서 예수를 핑계로 삼으려 한다. 치에야, 마시자. 기로친, 기로친, 슈르 슈르슈."

우에하라 씨는 제일 젊고 이쁜 색시와 잔을 부딪치고서 쭉 들이마시는데, 술이 입가로 흘러서 턱이 젖는다. 그러곤 성가신 듯이 손바닥으로 아무렇게나 닦아냈다. 그러더니 커다란 재채기를 다섯 번인가 여섯 번 계속해서 했다.

나는 조용히 일어나서 옆방으로 가서 병자처럼 창백하게 마른 주인댁에게 화장실을 물어서 갔다 오는데 다시 그 방을 지나니까, 아까 보았던 제일 예쁘고 젊은 치에라는 색시가 나를 기다리고 있었던 것처럼 선 채로, "시장하지 않으세요?" 하고 정답게 웃으면서 물었다.

"아니요, 근데 저는 빵을 가지고 왔어요."

병자 같은 주인댁이 대견스러운 듯이 비스듬히 옆으로 앉아서 화로에 기댄 채 말하였다.

"아무것도 없지만. 이 방에서 식사하세요. 저런 주정뱅이를 상대하고 있다가는 밤새도록 아무것도 못 잡수십니다. 앉으세요, 이리로, 치에도 함께."

"어이 기누, 술이 없다!" 옆방에서 신사가 소리 지른다.

"네, 네!" 기누라는 무늬가 멋진 옷을 입은 삼십 전후의 식모가 술 도쿠리를 쟁반에 열 개쯤 얹어가지고 부엌에서 나타났다.

"잠깐." 주인댁이 불러 세우더니, "여기에 두 개만. 그리고 기누, 안됐지만 뒷집 스즈야한테 가서 우동 두 개만 빨리." 하고 웃으며 말했다.

나와 치에는 화로 곁에 나란히 앉아 손을 쪼였다.

"이불 덮으세요. 추워졌지요. 마시겠어요?"

주인댁은 자기 찻잔에다 도쿠리의 술을 따르고, 또 딴 두 개의 찻잔에도 술을 따랐다.

"모두들 세 시네." 하고 주인댁은 왜인지 고즈넉한 말투로 말했다.

드르륵 하고 현관문 열리는 소리가 나더니 젊은 남자의 목소리가 들렸다. "선생님, 가져왔습니다. 암만 해도 우리집 사장은 단단해서 말이지요, 이만 원을 달라고 졸라도 결국 일만 원입니다."

"수표인가?" 우에하라 씨가 쉰 목소리로 말했다.

"아니요, 현찰인데요. 미안합니다."

"할 수 없지, 영수증 쓸까."

기로친, 기로친, 슈르슈르슈. 건배의 노래가 그사이에도 한 떼들 새에서 그칠 사이 없이 계속된다.

"나오 씨는?" 주인댁은 정색한 얼굴로 치에에게 묻는다. 나는 가슴이 뜨끔했다.

"모르겠어요. 내가 나오 씨의 파수병인가요." 치에는 당황하여 얼굴을 붉혔다.

"요새, 어째 우에하라 씨하고 못마땅한 일이라도 있었나? 늘 함께 붙어 다니더니." 주인댁은 태연하게 말했다.

"춤이 좋아졌답니다. 댄서 애인이라도 생겼나봐요."

"나오는 참 큰일이여, 술에다 또 여자까지니, 야단났군."

"선생님의 가르침인걸."

"나오 씨 쪽이 질이 나빠요. 그런 도련님 퇴물은……."

"저……." 나는 웃으면서 참견을 했다. 아무 말도 않고 있으면 도리어 이분에게 실례가 될 것만 같았다.

"제가 나오지의 누이예요."

주인댁은 놀라면서 내 얼굴을 되쳐다봤지만, 치에는 예사로운 태도로 말했다. "얼굴 모습이 아주 닮았는걸요. 아까 현관 안 쪽 어두운 데 서 계신 것을 보고 깜짝 놀랐어요. 나오 씨인가 하고."

"그러셨군요." 하고 주인댁은 말투를 고쳐 말했다. "이런 누추한 곳에 오셔서. 그런데 우에하라 씨와는 전부터?"

"네. 육 년 전에 뵙고서……."

말을 하다 머뭇거리고 고개를 숙였다. 눈물이 날 것만 같았다.

"오래 기다리셨지요?" 식모가 우동을 갖고 왔다.

"잡수세요. 식기 전에." 주인댁이 권했다.

"들겠습니다."

우동의 김에다 얼굴을 파묻고, 주르륵 하고 우동을 빨아 올리면서 지금이야말로 살고 있다는 허전함의 극한을 맛보고 있는 것 같은 생각이 들었다.

기로친, 기로친, 슈르슈르슈, 나직이 중얼대면서 우에하라 씨는 우리 방으로 들어와서는 내 쪽에 털썩 주저앉더니 아무 말도 않고 커다란 봉투를 주인댁에게 주었다.

"이것만 내고 남은 것을 흐지부지하면 안 돼요."

주인댁은 봉투 속을 보지도 않고 서랍에 넣고서 웃으며 말했다.

"갖고 오지요, 남은 것은 내년에."

"저런 소릴."

일만 원. 그것만 있으면 전구를 몇 개나 살까. 나도 그것만 있으면 일 년은 편히 살 수 있다.

아아, 이 사람들은 무엇인가 어긋났다. 그러나 이 사람들도 나의 사랑의 경우와 똑같이 이렇게라도 하고 있지 않고서는 살 수가 없는 것인지도 모른다. 사람은 이 세상에 태어난 이상 어떻게든지 살아나가야만 하는 것이라면 이 사람들의 이 살아나가기 위한 것으로서의 모습을 미워해서는 안 되는 것인지도 모른다. 살아 있다는 것. 살아 있다는 것. 아, 그것은 어찌할 도리 없게 숨이 턱턱 막히는 일인가.

"하여간에 말이야." 하고 옆방의 신사가 말한다. "이제부터 도쿄에서 생활해나가려고 하면 '안녕하슈, 헤헤' 하는 경박하기 짝이 없는 인사 없이는 헛일이지. 지금의 우리에게 중후니 성실이니 하는 그런 미덕을 요구하는 것은 목매단 자의 발을 잡아당기는 것 같은 거라. 중후? 성실? 울컥하지. 살아나갈 수가 없지 않으냐는 말이야. 만약에 '안녕하슈, 헤헤'를 힘 안 들이고 못한다면, 남은 것은 세 가지 길밖에 없지. 하나는 귀농(歸農)이고, 하나는 자살, 또 하나는 여자의 끄나풀."

"그 어느 것 하나도 못하는 불쌍한 작자에겐 요행 최후의 유일한 수단." 딴 신사다. "우에하라 지로에게 얹혀서 통음(痛飮)하기."

기로친, 기로친, 슈르슈르슈, 기로친, 기로친, 슈르슈르슈.

"잘 곳이 없겠지."

우에하라 씨는 낮은 소리로 혼잣말처럼 말했다.

"저요?"

나는 내 속에서 목을 쳐드는 뱀을 의식했다. 적의(敵意). 그것에 가까운 감정으로 나는 내 몸을 움츠렸다.

"새우잠이라도 자겠나. 추울걸."

우에하라 씨는 나의 노여움에는 아랑곳없이 중얼댔다.

"무리입니다." 하고 주인댁이 참견을 했다.

"딱해. 쯧, 그러면 이런 데 오질 말아야지." 우에하라 씨는 혀를 차며 말했다.

나는 아무 말 안 했다. 이 사람은 분명 나의 그 편지를 읽었다. 그리고 누구보다도 나를 사랑하고 있다고, 나는 그 사람의 말의 분위기에서 이내 깨달았다.

"할 수 없군, 후쿠이(福井)네 집에다 부탁해볼까. 치에가 데려다줄 수 없을까. 아니, 여자끼리만은 가는 길이 위험한가. 성가시군. 아주멈, 이 사람 신발을 살짝 부엌 쪽으로 돌려주실 수 없소. 내가 바래다주고 올게."

밖은 기색이 한밤중이었다. 바람은 약간 잦고, 하늘에는 별이 한가득 빛나고 있었다. 우리는 나란히 걸었다.

"저 새우잠이나 뭐나 잘 수 있어요."

우에하라 씨는 졸린 듯한 목소리로, "응." 하고만 말했다.

"단둘만 있고 싶었지요, 그렇지요?"

내가 그렇게 말하면서 웃으니까 우에하라 씨는, "이래서 탈이지." 하고 입을 틀면서 쓴웃음을 지었다.

나는 내가 무척 귀여움을 받고 있다는 것을 몸에 배도록 의식했다.

"술을 무척 많이 잡수시는군요. 매일 밤이에요?"

"그렇지, 매일, 아침부터지."

"맛이 있어요? 술이?"

"통, 없어."

그렇게 말하는 우에하라 씨의 말소리에 나는 왠지 오싹해졌다.

"일은?"

"헛일이야. 무엇을 써도 시시하기만 하고, 그냥 무턱대고 슬프기만 하니 도리가 있어야지. 목숨의 황혼. 예술의 황혼. 인류의 황혼. 그것도 멋이지."

"위트릴로[23]."

나는 거의 무의식으로 그렇게 말했다.

"아아, 위트릴로. 아직도 살아 있는 모양이지. 알코올의 망령(亡靈). 사체지. 최근 십 년간의 그자 그림은 속되어서 모두 헛일이야."

"위트릴로뿐만이 아니잖아요? 딴 명장들도 전부……."

"그렇지, 쇠약. 그러나 새싹도 싹인 채로 쇠약해져버렸지. 서리(霜). 프로스트. 온 세계에 때 아닌 서리가 나린 것 같군."

우에하라 씨는 나의 어깨를 가볍게 안았다. 내 몸이 우에하라 씨의 외투 소매에 싸인 것 같은 모습이 됐다. 나는 거부하지 않고 도리어 딱 붙어서 천천히 걸었다.

길가 수목의 가지. 이파리 하나도 안 달린 가지가 가느다랗게 밤하늘을 찌르고 있었다.

"나뭇가지라는 것, 참 아름다운 것이지요."

나는 무심코 혼잣말처럼 말했다.

"응. 꽃과 새까만 가지의 조화가."

그는 약간 어리둥절한 듯 말했다.

---

23 프랑스의 화가.

"아니, 저는, 꽃도 잎도 싹도 아무것도 안 달린 이런 가지가 좋아요. 이래도 알뜰하게 살아 있는 것 아녜요. 죽은 가지와는 다르잖아요."

"자연만은 쇠약하지 않다는 건가."

그는 그렇게 말하고서 금세 또 심한 재채기를 여러 번 계속해서 했다.

"감기 드셨어요?"

"아냐, 아냐, 취한 거야. 실은 이것이 나의 괴벽이지. 술의 취기가 포화점에 도달하면 대번 이런 식의 재채기가 나와. 취기의 바로미터 같은 것이지."

"연애는?"

"응?"

"누가 계세요? 포화점까지 도달하고 계신 분이."

"뭐야, 골리지 말라고. 여자는 다 마찬가지야. 성가시고 귀찮고. 기로친, 기로친, 슈르슈르슈, 실은 한 사람, 아니 반 사람쯤 있지."

"제 편지 보셨어요?"

"봤지."

"답장은?"

"나는 귀족은 싫단 말이야. 아무래도 어딘가 아니꼬운 오만이 있어서. 당신의 동생 나오도 귀족으로서는 걸출인 사나이지만, 때때로 도저히 상종하기 마땅찮게 건방진 데가 있어. 나는 시골 농군의 자식이라, 이런 개울가를 걸으면 으레 어릴 때 고향 개울에서 붕어 잡던 일이나 송사리 잡던 일이 생각나서 못 견딜 기분이 되지."

어둠 속에서 희미한 물소리를 내며 흘러가고 있는 개울, 그 가를 따라 우리는 걷고 있었다.

"그러나 당신들 귀족은 그런 우리의 감상을 절대 이해하지 못할 뿐만 아니라, 경멸하고 있지."

"투르게네프는요?"

"그 자식은 귀족이지. 그래서 싫단 말이야."

"그래도 『사냥꾼의 수기』[24]는…… ."

"음, 그것만은 약간 괜찮지."

"그것도 농촌 생활의 감상…… ."

"그 자식은 시골 귀족이라는 정도로 타협해줄까."

"저도 지금은 시골뜨기인데요. 밭을 가꾸고 있어요. 시골 가난뱅이예요."

"지금도 나를 좋아하나?"

난폭한 말투였다.

"나의 자식이 소원인가?"

나는 대답을 안 했다.

바위가 떨어지는 것 같은 기세로 그이의 얼굴이 다가왔고

---

24 투르게네프가 지은 단편집.

나는 지독한 키스를 당했다. 성욕의 냄새가 풍기는 키스였다. 나는 그것을 받으면서 눈물을 흘렸다. 굴욕의 분한 눈물을 닮은 쓴 눈물이었다. 눈물은 얼마든지 눈에서 넘쳐 나오고 흘렀다.

다시 둘이 나란히 걸었다.

"실책인데. 반해버렸어." 그이는 말하고서 웃었다.

그러나 나는 웃을 수가 없었다. 눈썹을 찌푸리며 입을 다물었다.

어쩔 수 없다.

말로 표현한다면 그런 느낌인 것이었다. 나는 내가 나막신을 끌면서 걷고 있는 것에 생각이 미쳤다.

"실책인데." 그이는 또 말했다. "가는 곳까지 가볼까."

"같잖네요."

"이 자식이." 우에하라 씨는 내 어깨를 주먹으로 툭 치고서는 또 심하게 재채기를 했다.

후쿠이 씨라는 분의 집에서는 모두 주무시는 모양이었다.

"전보, 전보, 후쿠이 씨 전봅니다." 우에하라 씨가 큰 소리로 말하면서 현관문을 두드렸다.

"우에하란가?" 집 안에서 남자 목소리가 났다.

"과연 옳소. 프린스와 프린세스가 하룻밤의 잠자리를 얻으려고 온 것이지. 이렇게 추워서는, 재채기만 나서, 모처럼의 사랑 행각도 코미디가 되고 말겠다."

현관문이 안에서 열렸다. 이미 쉰은 지난 것 같은 머리 벗어진 작은 남자가 화려한 파자마를 입고 겸연쩍은 묘한 웃음을 지으면서 우리를 맞았다.

"잘 봐줘." 우에하라 씨는 한마디 말하고는 망토도 벗지 않고 성큼 집 안으로 들어갔다. "아틀리에는 추워서 안 돼. 2층을 빌려야겠어. 오시오."

우에하라 씨는 내 손을 잡고 복도를 지나 계단을 올라가서 어두운 방의 구석에 있는 스위치를 눌렀다.

"요릿집 방 같네요."

"응, 벼락부자 취미지. 그러나 저런 돌팔이 화가에게는 과분하지. 악운이 강해서 재앙도 안 걸린단 말이야. 이용 아니하지 못할지어다, 이거야. 자아, 갑니다. 자요."

자기 집인 것처럼, 맘대로 침구를 꺼내서 깔았다.

"여기서 주무시오. 난 가겠소. 내일 아침에 오겠습니다. 변소는 계단을 내려가면 바로 오른쪽에 있소."

그는 쿵쿵 하고 계단을 굴러 떨어지는 것같이 요란스럽게 내려가더니 이내 조용해졌다.

나는 스위치를 돌려 전등을 끄고, 아버님이 외국에서 기념으로 사오셨던 벨벳 코트를 벗고 띠만 풀고서 옷은 입은 채로 이불 속으로 들어갔다. 피로한 데다가 술을 마셔서인지 몸이 노곤하여 이내 잠이 들고 말았다.

어느 사이에 그이가 나의 곁에서 자고 있었다……. 나는 한 시간 가까이를 필사적으로 무언의 저항을 했다.

그러나 얼핏 딱한 것 같아서 포기해버렸다.

"이렇게 하지 않으면 안심을 못하시는 것이지요?"

"아마 그런 거겠지."

"당신 건강이 나빠지신 것 아녜요? 객혈하셨지요?"

"어떻게 알아? 사실은 요전에 심히 객혈을 했지만, 아무에게도 말한 일이 없는데."

"어머니가 돌아가시기 전과 똑같은 냄새가 나는걸요."

"죽을 작정으로 마시고 있는 거지. 살고 있는 것이 슬퍼서 견딜 수가 있어야지. 적적하다는 둥 외롭다는 둥 하는 그런 여유 있는 것이 아니고 슬픈 거야. 음침한 탄식의 한숨이 사방 벽에서 들릴 때, 자기들만의 행복이라는 것이 있을 수가 없지 않으냐 말이야. 자기의 행복도 영광도 살고 있는 동안에는 결코 없다는 것을 깨달았을 때, 사람은 어떤 기분이 들까. 노력, 그런 것은 다만 굶주린 야수들의 밥이 될 뿐이지. 처참한 사람이 너무 많아. 그럴듯하지?"

"아니요."

"사랑뿐이 없는 거지. 당신 편지 얘기랑 똑같아."

"그런가요."

나의 사랑은 꺼져 있었다.

밤이 샜다.

방 안이 희미하게 밝았다. 나는 곁에서 자고 있는 그이의 잠든 얼굴을 자세히 바라봤다. 미구(未久)에 죽을 사람 얼굴 같았다. 피로한 얼굴이었다.

희생자의 얼굴. 고귀한 희생자.

내 사람. 내 무지개. 마이 차일드. 나쁜 사람. 얄미운 사람. 이 세상에 다시없는 것처럼, 무척 아름다운 얼굴인 것처럼 느껴지면서 사랑이 생생하게 다시 솟아오른 것같이 가슴이 두근거렸다. 그이의 머리카락을 쓰다듬으면서 내 쪽에서 키스를 했다.

서럽고 서러운 사랑의 성취.

우에하라 씨는 눈을 감은 채 나를 껴안았다.

"삐뚤어졌던 거야. 나는 농군의 자식이라."

이제는 이 사람에게서 떨어지지 않을 것이다.

"저 지금 행복해요. 사방의 벽에서 탄식 소리가 들려올지라도, 지금 저의 행복감은 포화점이에요. 재채기가 나올 지경으로 행복해요."

우에하라 씨는 살짝 웃었다.

"그러나 인제 늦었어. 황혼이야."

"아침이에요."

동생 나오지가 그날 아침에 자살했다.

7

나오지의 유서

누님.

안 되겠어요. 먼저 가요.

나는 내가 왜 살아 있어야 하는지를 전혀 모르겠어요.

살아 있고 싶은 사람만이 살면 되지.

인간에게는 살 권리가 있는 것과 똑같이 죽을 권리도 있
을 것입니다.

나의 이런 사고방식은 조금도 새로운 것도 아무것도 아
닌, 너무나도 당연한, 그야말로 원초적인 것이지요. 사람들
은 공연히 무서워해서 노골적으로 입에 내서 말하지 않을
뿐입니다.

살아가고 싶은 사람은 어떤 일을 해서라도 굳세게 살아서 배겨내야 할 일이며, 그것은 멋진 일이고, 사람의 영관(榮冠)이라고 하는 것도 필시 그런 데 있는 것이겠지만, 죽는다는 것도 죄는 아니라고 생각합니다.

나는, 나라는 풀은 이 세상의 공기와 태양 속에서는 살기 어렵습니다. 살아가기에는 어딘가 한군데 모자라는 점이 있습니다. 부족한 것입니다. 오늘까지 살아온 것도 큰 노력이었습니다.

나는 고등학교에 입학해서, 내가 자라온 계급과는 전혀 다른 계급 속에서 자란 억세고 튼튼한 풀인 학우들과 처음으로 접하게 되어 그 세력에 밀려서 지지 않으려고 마약을 쓰며 미치광이가 되어가지고 저항했습니다. 그리하여 군대로 가서 역시 그곳에서도 살아가는 최후의 수단으로서 아편을 썼습니다. 누님에게는 나의 이 심정이 이해되지 않을 겁니다.

나는 야비해지고 싶었습니다. 강해지고 싶다, 아니, 강포해지고 싶다. 그것만이 소위 민중의 벗이 될 수가 있는 오직 하나의 길이라고 생각했던 것입니다. 술만 갖고서는 도저히 안 되었습니다. 어느 때나 비슬비슬 현기증을 일으키고 있지 않으면 안 되었던 것입니다. 그러기 위해서는 마약밖에 없었습니다. 나는 집을 잊지 않으면 안 된다. 아버지의 피에 반항하지 않으면 안 된다. 어머니의 선함을 거부하지 않으면 안 된다. 누님에게 냉정하지 않으면 안 된다. 그렇게 하지 않고서는 저 민중의 방에 들어갈 입장권을 얻을 수가 없다, 그렇게 생각했던 것입니다.

나는 야비해졌습니다. 야비한 말투를 쓸 수 있게 되었습니다. 그렇지만 그것은 반은, 아니, 육십 퍼센트는 딱하게도 붓글씨에 개칠한 꼴이었습니다. 서투른 가공품이었습니다. 민중으로서는, 나는 역시 같잖고 새침이나 떠는 비위 안 맞는 사나이였습니다. 그들은 나와 뼛속까지 화합해주지는 않았습니다. 그렇다고 이제 와 새삼스럽게 버렸던 살롱으로 돌아갈 수도 없습니다. 지금의 나로서는 나의 야비가 육십 퍼센트는 개칠일지라도 그러나 나머지 사십 퍼센트는 진짜로 야비한 것이 되어버린 것입니다. 나는 저 소위 상류 살롱의 아니꼬운 점잖음은 먹은 것이 넘어올 것 같아 잠시도 참을 수가 없습니다. 또한 훌륭하신 분이라든가 위엄 있으시다는 분들도 나의 이 나쁜 소행에 질려서 이내 나를 추방할 것입니다. 버린 세계로 돌아갈 수도 없고 민중에게서는 악의로 충만한 자리만 내어주게 됐을 뿐입니다.

어느 세상에서나 나처럼 소위 생활력이 약하고 결함이 있는 풀은 사상도 개뿔도 없이 다만 스스로 소멸할 뿐인 운명일지도 모릅니다. 그러나 나에게도 조금은 할 말이 있습니다. 도저히 나로서는 살 수 없는 사정을 알고 있는 것입니다.

인간은 모두 똑같은 것이다.

이것이 도대체 사상일까요. 나는 이 묘한 말을 발견한 사람은 종교가도, 철학가도, 예술가도 아닌 것 같습니다. 민중의 술자리에서 솟아나온 말입니다. 구더기가 끓듯이 어느새, 누가 시작한지도 모르게 바글바글 솟아올라서 전 세계를 뒤덮고 세계를 어색한 것으로 만들어버렸습니다.

이 묘한 말은 민주주의와도 마르크시즘과도 전혀 무관계한 것입니다. 그것은 필시 술자리에서 추남(醜男)이 미남에게 던진 말일 것입니다. 보통의 짜증입니다. 질투입니다. 사상도 아무것도 될 수 없는 것입니다.

그런데도 이 술자리의 질투에서 나온 말소리가 이상하게도 사상인 체하는 낯짝을 하고서 민중 사이를 활보하고 있으며, 또한 민주주의와도 마르크시즘과도 전혀 무관계한 말이었어야 할 것이 어느새엔가 그 정치 사상이나 경제 사상에 얽혀가지고 기묘하고도 유치한 꼬락서니를 하게 되고 만 것입니다. 메피스토펠레스라도 그런 터무니없는 방언(放言)을 사상과 바꿔치는 장난은 차마 양심에 부끄러워서 주저했을지도 모릅니다.

인간은 모두 똑같은 것이다.

얼마나 비굴한 말인가요. 사람을 천하게 만드는 동시에 스스로를 천하게 하는, 눈곱만 한 자부심도 없고, 온갖 노력을 내팽개치게 하는 말. 마르크시즘은 일하는 자의 우위를 주장합니다. 똑같은 것이라고 말하지 않습니다. 다만 소백정놈만이 그런 소리를 합니다. "헤헤, 아무리 뽐내봤자, 똑

같은 인간 아닌가."

왜 똑같다고 말합니까? 잘났다고 말 못합니까? 노예근성
의 복수.

그런데도 이 말은 실로 난잡하고 불쾌해서, 사람은 서로
두려워하고 온갖 사상은 간음당하고, 노력은 비웃음당하고,
행복은 부정당하고, 미모는 더럽혀지고, 영관은 끌어내려지
고 하였으니 소위 '세기의 불안'은 묘한 말 한마디에서 비롯
된 것이라고 나는 생각합니다.

싫은 말이라고 생각하면서도 나도 역시 이 말에 협박당하
여 떨었으며, 무엇을 하고자 해도 멋쩍어지고, 늘 불안하고
두려워서 몸 둘 곳을 모르고 해서 차라리 술이나 마약의 현
기증으로 일시적으로 안심을 얻으려고 하다보니 엉망진창
이 되고 말았지요.

약한 것이겠지요. 어딘가 한구석 중대한 결함이 있는 풀
이겠지요. 그러나 또 뭘 그렇게 잔이론을 나열해봤자 근본
은 놀고먹고 싶은 게으름뱅이, 색골, 무책임한 쾌락주의자
인 것이라고, 그 소백정놈이 비웃으며 말할지도 모르지요.
나는 그런 소리를 들어도 오늘까지는 다만 주저수서하면서
애매하게 수긍했지만, 그러나 나도 죽을 마당에 한마디 항
의라도 말하여두고 싶습니다.

누님.

믿어주십시오.

나는 놀기만 하였지만 조금도 즐겁지가 않았습니다. 쾌락의 욕구불만인지도 모르지요. 나는 오직 귀족이라는 자신의 헛도깨비에서 이탈하고 싶어서 놀고, 미치고, 거칠어진 것입니다.

누님.

도대체 우리에게 죄가 있는 것입니까? 귀족으로 태어난 것이 우리의 죄입니까? 다만 그 집에서 태어났기 때문에 우리는 영원히, 말하자면 유다 집안의 식구들처럼 기를 못 펴고, 사죄하고 부끄러워하면서 살아가야 합니까?

나는 더 일찍 죽어야 했습니다. 그러나 오직 하나, 어머니의 애정. 그것을 생각해서 죽지 못했습니다. 인간은 자유롭게 살 권리를 갖고 있는 것과 똑같이 언제든지 마음대로 죽을 권리도 갖고 있지만 어머니가 살아 계시는 동안에는 그 죽음의 권리는 보류해야만 한다고 나는 생각하고 있었습니다. 그것은 동시에 어머니마저 죽이는 것이 되기 때문에.

지금은 이제 내가 죽어도 몸이 상할 정도로 슬퍼할 사람도 없을 것이고. 아니, 누님, 나는 알고 있습니다. 나를 잃은 당신들의 슬픔이 어느 정도의 것인지를. 그러니 허식의 감상은 그만둡시다. 당신들은 나의 죽음을 알면 필시 울 것입니다. 그러나 나의 괴로움과, 그리고 이 싫증나는 인생에서 완전히 해방된 나의 기쁨을 생각해주신다면, 당신들의 그 슬픔은 차츰 사라져가리라고 생각합니다.

누님.

나는 죽는 쪽이 좋습니다. 나에게는 소위 생활능력이 없습니다. 돈 문제로 사람과 다툴 힘도 없습니다. 나는 남에게 의지할 수조차 없습니다. 우에하라 씨와 놀더라도 내 것은 언제나 내가 지불했습니다. 우에하라 씨는 그것을 귀족의 치사스러운 자존심이라고 말하면서 매우 싫어하고 있습니다만, 그러나 나는 자존심으로 지불한 것이 아니고 우에하라 씨가 일해서 얻은 돈으로 내가 쓸데없이 먹고 마시고 여자를 안고 한다는 것은 무서워서 도저히 못했던 것입니다. 우에하라 씨의 일을 존경하고 있어서 그랬다고 간단하게 말해버리는 것도 거짓말이고, 나로서도 실상은 잘 모르고 있습니다. 다만, 남의 잔치에 만족하는 것이 두려울 뿐입니다. 더구나 그 사람 자신의 팔 하나로 얻은 돈으로 포식을 한다는 것은 괴롭고 마음 아파서 견딜 수가 없습니다.

그래서 무턱대고, 내 집에서 돈이나 물품을 갖고 가서 어머니와 당신을 괴롭히고, 나 자신도 조금도 즐겁지 않았으며, 출판업 같은 것을 계획한 것도 다만 멋쩍은 것을 감추려는 체면이었지 실상은 조금도 진심이 없었습니다. 진심으로 해봤자 남의 잔치조차 마음 편하게 못 먹는 자가 돈을 번다는 것은 도저히 불가능하다는 것을, 아무리 내가 바보여도 그 정도는 알고 있습니다.

누님.

우리는 가난해졌습니다. 살고 있는 동안에는 남에게 잔치를 해주려고 생각했는데 이제 남에게서 먹을거리를 얻어야만 하는 신세가 되고 말았습니다.

누님.

이런데, 내가 왜 더 살아 있어야 하겠습니까. 이제 다 틀렸습니다. 나는 죽습니다. 편하게 죽을 수 있는 약이 있습니다. 군대 있을 때 구해둔 것입니다.

누님은 아름답고(나는 아름다운 어머님과 누님을 자랑으로 삼고 있었습니다) 현명하시니까, 나는 누님 일에 관해서는 아무것도 걱정할 것이 없습니다.

걱정할 자격조차 나에게는 없습니다. 도적놈이 피해자의 신상을 염려해주는 것 같은 것이며 창피할 뿐입니다. 짐작컨대 누님은 결혼하셔서 아이를 낳고 남편을 의지해서 살아가실 것이리라고 나는 생각합니다.

누님.

나에게 비밀이 하나 있습니다.

오랫동안 숨기고 간직했으며 싸움터에서도 그 사람 생각만 하다가 그 사람 꿈을 꾸고 눈을 뜨면 울고 싶었던 일이 몇 번 있었는지 모릅니다.

그 사람의 이름은 도저히, 그 누구에게도 입이 썩을지언정 말할 수 없습니다. 나는 이제 죽을 것이니까, 오직 누님에게만이라도 사실대로 말해둘까 생각했습니다만 역시 어째 두려워서 그 이름을 말할 수가 없습니다.

그러나 나의 이 비밀을 절대 비밀인 채로 끝내 이 세상의 누구에게도 알리지 않고 가슴속에 간직한 채 죽어버리면 나의 신체가 화장되어도 가슴속만은 날비린내 나는 채로 타다 남을 것 같은 생각이 들어서 불안하기만 합니다. 그래서 누님에게만 둘러대서 어렴풋하게 픽션처럼 가르쳐드리겠습니다. 픽션이라고는 하지만, 그러나 누님은 분명히, 이내 그 상대자가 누구냐 하는 것을 눈치챌 것입니다. 픽션이라고 하지만 다만 가명을 쓰는 정도의 속임수입니다.

　누님은 아실까요?

　누님은 그 사람을 알기는 해도, 십중팔구 만난 일은 없을 것입니다. 그 사람은 누님보다 몇 살 위입니다. 외꺼풀의 눈시울이고, 눈꼬리가 위로 올라갔으며, 머리에는 파마 같은 것은 한 일이 없이 늘 주름 하나 없이 당겨 빗는 그런 소탈한 머리 모습이고, 옷도 언제나 헐값의 옷이지만 칠칠치 못한 모습이 아니고 늘 깔끔한 옷차림이었습니다. 그이는 전후에 새로운 터치의 그림을 연속해서 발표하여 갑자기 유명해진 어느 중년의 양화가의 부인입니다. 그 양화가의 소행은 문란하기 짝이 없지만 부인은 태연한 표정으로 언제나 상냥하게 미소 지으며 살고 있습니다.

　"그러면 돌아가보겠습니다." 나는 일어서며 말했습니다.

　그이도 일어서서 아무런 경계의 빛도 없이 내 곁으로 다가와서 나의 얼굴을 올려다보며, "왜요?" 하고 보통때의 음

성으로 말하면서 정말로 할 수 없다는 듯이 약간 목을 기울이고 가만히 나의 눈을 보고만 있었습니다. 그러나 그 눈에는 티끌만한 사심도 허식도 없어서, 나는 여자와 시선이 마주치면 당황하여 시선을 피해버리는 성질인데도 그때만은 전혀 부끄러운 생각이 안 들었습니다. 두 사람의 얼굴이 한 자가량의 거리인 채로 육십 초나 혹은 그 이상을 담담한 기분으로 그 사람의 눈동자를 바라보고 있다가 마침내 미소 짓고 말았습니다.

"아무래도……."

"곧 돌아오실걸요." 그이가 여전히 정색한 얼굴로 말했습니다.

'정직'이라는 것은 이런 느낌의 표정을 말하는 것이 아닐까. 언뜻 생각했습니다. 수신 교과서 냄새 나는 엄숙한 덕이 아니어서, 정직이라는 말로 표현되는 본래의 덕은 이렇게 귀여운 것이 아니었을까, 생각했습니다.

"또 오지요."

"그러세요."

처음부터 끝까지 모두가 아무것도 아닌 대화입니다. 내가 어느 해 여름날 오후에 그 화가의 아파트를 찾아갔다가 화가가 부재중이었으나, 곧 돌아오실 터이니 올라와서 기다리라는 부인의 말씀대로 방으로 올라가 삼십 분쯤 잡지 같은 것을 읽다가 그 화가는 돌아올 듯싶지 않기에 일어서서 작별 인사를 했던 것뿐이었는데, 나는 그날 그때 그 사람의 눈동자에 애타는 사랑을 하게 되고 말았습니다.

'고귀'라고나 표현하면 될지 모르겠습니다. 내 주위의 귀족 중에는 어머니는 빼놓고, 그렇게 무경계의 '정직'한 눈의 표정을 할 수 있는 사람은 한 사람도 없었다는 것만은 단언할 수 있습니다.

그리고, 나는 어느 겨울 저녁, 그 사람의 프로필(肖像)에 감탄한 일이 있습니다. 그때도 그 양화가의 아파트에서 양화가의 상대가 돼가지고 고타쓰[25]에 매달려서 아침부터 술을 마셨습니다. 양화가와 함께 일본의 소위 문화인들의 흉거리를 털어놓으면서 웃고 뒹굴고 하다가 그 양화가는 쓰러진 채 코를 골며 잠이 들고, 나도 누운 채로 어렴풋이 잠이 들었는데, 가볍게 담요가 덮이는 것 같아서 눈을 가늘게 해서 떠보니까, 도쿄의 겨울 저녁 하늘은 물빛으로 개어 있었고, 부인은 애기를 안고 아파트의 창가에 무심히 앉아 계셨습니다. 부인의 단정한 프로필이 물빛의 먼 저녁 하늘을 배경으로 저 르네상스 시대의 프로필화처럼 선명하게 윤곽이 구분되어 있었습니다. 나에게 살짝 담요를 덮어준 친절은, 그것은 아무런 교태도 아니고 욕심도 아닌, 실로 휴머니티라는 말은 이런 때에 사용되면 소생하는 말이 아닐까 싶었

---

25 일본 고유의 요 밑에 묻는 화로.

습니다. 그이는 당연하게 고즈넉한 배려로서 거의 무의식적으로 했다는 듯이, 그림처럼 조용한 자세로 먼 곳을 바라보고 계셨습니다.

나는 눈을 감은 채 그립고 안타까워 미칠 것만 같은 마음이 된 채 눈시울에는 눈물이 고여서 담요를 머리까지 쓰고 말았습니다.

누님.

내가 그 양화가에게 놀러 간 것은 처음에는 그 양화가의 작품의 특이한 터치와 그 밑에 간직된 열광적인 패션에 반해버렸기 때문이었습니다. 그런데 그와의 접촉이 잦아질수록 그 사람의 무교양, 엉터리, 불결함에 정이 떨어져갔습니다. 하지만 그것과는 반비례해서 그 사람 부인의 아름다운 마음씨에 끌려서, 아니, 올바른 애정을 가진 그이가 그립고 미덥고 해서 부인의 모습을 잠시라도 보고 싶어서 그 양화가의 집에 놀러 가게 된 것입니다.

그 양화가의 작품에 다소라도 예술의 고귀한 향기라고 할 수 있는 것이 표현되었다고 한다면 그것은 부인의 착한 마음씨의 반영 때문이 아닐까 나는 지금 생각합니다.

그 양화가는, 나는 이제야 느낀대로 다 말하지만, 속된 술주정꾼이고 놀기 좋아하는 교묘한 장사치입니다. 놀 돈이 필요하니까 아무렇게나 엉터리로 캔버스에 물감을 쳐발라서 유행의 물결에 편승하고는 무엇인 체하며 비싸게 팔고 있는 것입니다. 그 사람이 갖고 있는 것은 시골놈의 뻔뻔함과 어리석은 자신과 교활한 상재(商材), 그것뿐입니다.

짐작건대, 그 사람은, 딴 사람의 그림은 외국인의 그림이든 일본인의 그림이든 간에 아무것도 모르고 있을 것입니다. 더구나 자기가 그리고 있는 그림도 무엇인지 제 자신도 모르고 있을 것입니다.

그리고 더군다나 놀라운 것은 그 사람은 자기 자신의 그런 엉터리에 아무런 의심도 창피도 두려움도 갖고 있지 않은 것입니다.

다만 오직 자신만만할 뿐이지요. 어차피 자기가 그린 자기 그림을 자기가 모르는 그런 위인이니까, 남의 하는 일의 좋은 점을 알 이치가 없지. 무조건 헐뜯지, 헐뜯어.

그러니까, 그 사람의 데카당 생활은 입으로는 이러쿵저러쿵 괴로운 것같이 말하고 있지만, 기실은 어리석은 시골뜨기가 옛날부터 소원이었던 도시로 나와서 자기 자신도 의외일 정도로 성공했기 때문에 하늘을 따듯이 놀아나는 꼴일 뿐인 것입니다.

언제인가 내가, "친구들이 모두 게으름만 피우고 놀고 있는 때에 자기 혼자서만 공부한다는 것은 멋쩍고 두려워서 못할 일이기 때문에 조금도 놀고 싶지는 않아도 할 수 없이 한패 속에 끼어서 논다."라고 말했더니 그 중년의 양화가는, "뭐? 그것이 귀족 기질이라는 것이겠지. 질색인데. 나는 남들이 놀고 있는 것을 보면 나도 놀지 않으면 손해라고 생각되어 실컷 놀지."라고 대답하고는 태연한 것이었습니다. 나는 그때 그 양화가를 철저하게 경멸했습니다. 그 사람의 방탕에는 고민이 없을 뿐더러 도리어 그런 바보짓을 자랑으로 생각하니 진짜 멍청한 쾌락아(快樂兒)지요.

그러나 그 양화가의 험담을 이 이상 더 나열해봤자, 누님에게는 관계없는 일이고 또한 나도 지금 죽음에 앞서서 역시 그 사람과의 오랜 접촉을 생각하니, 그리워지며 다시 한 번 만나서 놀고 싶다는 충동은 느낄지언정, 미운 생각은 전혀 없습니다. 그 사람도 외로워하는 사람이며, 매우 좋은 점도 많이 갖고 있는 사람이니까 더는 말하지 않겠습니다.

다만 나는 누님에게 내가 그 사람의 부인에게 마음을 태우고 허둥지둥하고 괴로웠다는 일만 알려주고 싶을 뿐입니다. 그러니까, 누님은 그것을 알더래도 따로 누구에게 그런 사실을 호소해서, 동생의 살아생전의 소원을 이루어지게 해주겠다는 등의 그런 생각나는 일을 할 필요는 절대로 없는 것이니 누님 혼자만 알고서 혼자 속으로, 아아, 그렇군, 하고 생각만 해주면 되는 것입니다. 한 가지 욕심을 더 말한다면, 이런 나의 부끄러운 고백으로 인해서 누님만이라도 나의 오늘날까지의 생명의 괴로움을 한층 깊이 이해해주신다면 나는 더없이 기쁠 것입니다.

나는 언제인가, 부인과 손을 마주 잡은 꿈을 꾸었습니다.

부인도 역시 아주 그전부터 내가 좋았다는 것을 알고, 꿈에서 깨고 나서도 나의 손바닥에 부인의 손가락의 온기가 남아 있어서, 나는 이제 이것으로서 만족하고 단념하지 않으면 안 되겠다고 생각했습니다. 도덕이 무서웠던 것이 아니고, 나에게는 반미치광이인, 아니, 거의 미친놈이라고 해도 좋을 그 양화가가 무서워서 어찌할 수가 없었습니다. 단념하기로 하고서 가슴의 불꽃을 딴 곳으로 돌리려고 닥치는 대로, 그 지독한 양화가조차 어느 날 밤에 상을 찌푸렸을 정도로 엉망진창으로 여러 여자와 놀고 미치고 했습니다. 어떻게 해서든지 부인의 환상에서 떠나고, 잊음으로써 아무렇지도 않아지고 싶었던 것입니다. 그러나 허사였습니다. 나는 결국 한 사람의 여자밖에는 사랑을 못하는 성질의 남자였습니다. 나는 확실하게 말할 수가 있습니다. 나는 부인 이외의 어떤 여자인들 한 번도 아름답다든가 갸륵하다든가 하는 느낌을 가진 일이 없습니다.

누님.

죽기 전에 오직 한 번만 쓰게 해주십시오.

……스가.

그 부인의 이름입니다.

어제 전혀 호감이 안 가는 댄서(이 여자는 본질적으로 어리석은 점이 있습니다)를 데리고 산장으로 왔지만, 오늘 아침 죽고자 결심하고 온 것은 아니었습니다. 언젠가 가까운 장래에 꼭 죽을 작정이기는 했지만, 그러나 어제 여자를 데리고 산장에 온 것은 여자한테 여행을 재촉받고 나도 도쿄에서 노는 것이 지쳤기 때문이었습니다. 이 바보 같은 여자와 이삼일 산장에서 쉬는 것도 나쁘지 않다고 생각하고, 누님에게는 약간 멋쩍지마는 덮어놓고 이리로 함께 오고 말았던 것인데, 누님은 도쿄의 친구에게 놀러 가시고 해서, 그 순간 언뜻 죽으려면 지금이다, 그리 생각했던 것입니다.

나는 옛날부터, 니시카타마치의 그 집 안방에서 죽고 싶다고 생각하고 있었습니다. 거리나 들에서 죽고서 구경꾼들에게 시체가 놀림감이 되는 것이 아무래도 싫었습니다. 그러나 니시카타마치의 그 집은 남의 손으로 넘어가고 이제는 할 수 없이 이 산장에서 죽을 수밖에 없다고 생각하였습니다. 다만 나의 자살을 최초로 발견할 사람은 누님일 것이고, 그러면 누님이 그때 얼마나 놀라고 무서워할 것인가를 생각할 때 누님과 두 사람뿐인 밤에 자살하는 것은 마음이 켕겨서 도저히 할 수가 없었던 것입니다.

그런 때에 마침 이 어찌 좋은 찬스인지. 누님은 안 계시고, 그 대신 아주 둔감한 댄서가 나의 자살의 발견자가 되어 주는 것입니다.

어젯밤에 둘이서 술을 마시고, 여자를 2층의 양실에 재우고 나만 혼자 어머니가 돌아가신 아랫방에 이불을 펴고 이 비참한 수기를 쓰는 것입니다.

누님.

나에게는 희망의 지반이 없습니다. 안녕히 계십시오.

결국 나의 죽음은 자연사입니다. 사람은 사상만으로는 죽을 수가 없으니까. 그리고 한 가지 매우 멋쩍은 부탁이 있습니다. 어머니의 기념품인 삼베옷. 그것을 누님이 나오지가 내년 여름에 입도록 고쳐주셨지요. 그 옷을 내 관 속에 넣어 주십시오. 나, 입고 싶었습니다.

밤이 밝아집니다. 오랫동안 수고를 많이 끼쳤습니다.

안녕하십시오.

어젯밤의 술도 말짱히 깼습니다. 나는 맨 정신으로 죽는 것입니다.

다시 한 번 안녕하십시오.

누님.

나는 귀족입니다.

8

꿈.

모두들 나에게서 떠나간다.

나오지의 뒷정리를 하고, 그러고서 한 달 동안 나는 겨울 산장에서 혼자 살았다.

그리하여 나는 그 사람에게 필시 최후일 것인 편지를 물같이 담담한 심정으로 써서 보냈다.

아마 당신도 저를 버리신 것 같습니다. 아니, 점점 잊어가시는 것 같습니다.

그러나 저는 행복합니다. 저의 소망대로 아기가 생긴 것 같습니다. 저는 지금 모든 것을 잃은 것 같은 심정이기는 하지마는 그러나 배 속의 조그만 생명이 저의 고독한 미소의 씨가 되어 있습니다.

추잡스러운 실책이라고는 도저히 생각되지 않습니다. 이 세상에 전쟁이니, 평화니, 무역이니, 조합이니, 정치니 하는 것이 있는 것은 무엇 때문인지 요즈음 저도 알게 됐습니다. 당신은 모르시지요. 그렇기 때문에 언제까지나 분한 것입니다. 그것은 말이에요. 가르쳐드리지요. 여자가 좋은 아이를 낳기 위해서입니다.

저에게는 처음부터 당신의 인격이나 책임을 기대할 마음은 없었습니다. 저의 한결같은 사랑의 모험, 그 성취만이 문제였습니다. 저의 그 소원이 완성되어 이제는 저의 가슴속은 숲 속의 호수처럼 조용합니다.

저는 이겼다고 생각합니다.

마리아가 설사 남편의 아이가 아닌 아이를 낳더라도 마리아에게 빛나는 자랑이 있었다면 만족이 있는 것입니다.

당신은 그 후로도 역시 기로친, 기로친, 떠돌며 신사와 색시들하고 술을 자시고, 데카당 생활이라는 것을 계속하고 있는 것이겠지요. 그것도 당신의 최후의 투쟁 방법일 것이니까.

술을 끊고, 병을 고치고, 장수를 하셔서 훌륭한 일을 많이……. 그런 건성의 인사치레는 하고 싶지 않습니다. '훌륭한 일'이라기보다는 목숨을 버릴 작정으로 소위 악덕 생활을 끝내는 것도 다음 세상 사람들한테 도리어 치사를 들을 일이 될지도 모릅니다.

희생자. 도덕 과도기의 희생자. 당신도, 나도, 분명히 그 것일 것입니다.

혁명은 도대체 어디서 행해지고 있는 것입니까. 적어도 우리의 몸 주변에서는 낡은 도덕이 역시 그대로 티끌만치도 변하지 않고 우리의 앞길을 막고 있습니다. 바다 표면의 물결은 이러쿵저러쿵 떠들고 있지마는 그 밑바닥 바닷물은 혁명은 고사하고, 꿈쩍도 하지 않은 채 너구리 굴잠 자듯 늘어져 있습니다.

그렇지만 저는 지금까지의 제일 회전에서는 낡은 도덕을 약간일지언정, 떠밀어났다고 생각하고 있습니다. 그리하여 이번에 낳게 될 아기와 함께 제이 회전 제삼 회전을 싸울 작정입니다. 그리웠던 사람의 아이를 낳아 기르는 것이 저의 도덕 혁명의 완성인 것입니다.

당신이 저를 잊게 되더라도, 또한 당신이 술 때문에 목숨을 잃더라도 저는 저의 혁명을 위해 꿋꿋이 살아갈 것 같습니다.

당신 인격의 비열함을, 저는 요전에도 어떤 사람에게서 여러 가지로 전해 들었습니다만, 그러나 저에게 이렇게 강한 것을 주신 것은 당신입니다. 저의 가슴에 혁명의 무지개를 걸어주신 것은 당신입니다. 살아갈 목표를 주신 것은 당신입니다.

저는 당신을 자랑으로 삼고 있으며 또한 낳을 아기에게도 당신을 자랑스럽게 가르치려고 합니다.

사생아와 그 어머니.

그렇지만, 우리는 낡은 도덕과 어디까지나 투쟁하면서 태양처럼 살아갈 작정입니다.

당신도 당신의 싸움을 싸워나가주십시오.

혁명은 아직 조금도 이뤄지지 않고 있습니다. 아직도 더 많은 애석하고 귀한 희생이 필요한 것 같습니다.

지금 세상에서 가장 아름다운 것은 희생자입니다.

작은 희생자가 또 한 사람 있었습니다.

우에하라 씨.

저는 이제 당신에게 아무것도 부탁드리고 싶은 마음이 없습니다만 그러나 그 작은 희생자를 위해 한 가지만 부탁할 일이 있습니다.

그것은 제가 낳은 아이를 다만 한 번이라도 좋으니까, 당신 부인의 품에 안겨주고 싶다는 것입니다. 그리고 그때 저에게 이런 말을 하도록 해주십시오.

"이것은 나오지가 어느 여자를 통해서 낳은 아기입니다."

왜 이렇게 하는가, 그것만은 당신에게도 말씀드릴 수 없습니다. 아니, 저 자신도 왜 그렇게 해주시기를 바라는지 잘 모릅니다. 그런데도 저는 꼭 그렇게 해주시길 바랍니다. 나오지라는 그 작은 희생자를 위해서 아무튼 그렇게 해주시지 않으면 안 되겠다는 것입니다.

버림받고 잊혀져가는 여자의 단 한 번의 하염없는 억지

떼라고 생각하시고 틀림없이 생각하시고 틀림없이 들어주시기를 간절히 바랍니다.

M·C 마이·코미디언.

쇼와 이십이 년 이 월 칠 일

다자이 오사무(太宰治)가 태어난 것은 1909년 6월이었다.

그러니까 그때는 바로 4, 5년 전쯤에 러시아와의 전쟁에서 승리한 일본이 바야흐로 근대국가로서의 체제를 갖추면서 새로운 발전의 길목에 막 들어서기 시작하던 때였다.

그렇게 근대화의 길에 들어섰다고는 하지만, 특히 농촌 같은 데서는, 여전히 전통적인 여러 요소들이 구태의연하게 남아 있어, 오랜 명문(名門) 집안의 권위 같은 것은 거의 자연스러운 것으로서 그대로 통용되고 있었다.

그가 태어났던 집안도 마찬가지로, 그 지방 아오모리(青森) 현에서는 누구나가 알아주는 명문가였고, 대지주였다. 한데 본디 병약했던 모친은 아이를 길러낼 힘조차 없어, 그는 태어나자마자 금방 유모에 맡겨져서, 시중을 들며 '아이

돌보는' 소녀에게 거의 떠넘겨졌다.

훨씬 시간이 지난 뒤에 그는 다음과 같이 자기의 어린 시절을 돌아보는 글을 남기기도 했다.

"'아이 돌보는' 식모에게서 글 읽는 법을 처음 배우면서 갖가지 책을 읽을 수 있었는데, 식모도 나름대로 나를 가르쳐주는 데는 지나칠 정도로 열심이었다. 식모는 나에게 도덕이라는 것도 가르쳤다. 가까운 절에도 데리고 가서, 지옥과 극락의 그림을 보여주며 설명해주었다. 피로 가득 찬 호수나, 바늘로 이뤄진 산, 무간나락(無間奈落)이라고 하는, 흰 연기만 자욱한 깊이 파인 웅덩이 곳곳에서는 말라비틀어진 사람들이 소리 내어 울부짖었다. 거짓말을 하면 지옥으로 떨어져서 저렇듯 귀신들에게 혀를 뽑힌다고 들었을 때는, 엄청 무서워져서 울기까지 했다."

본디 어릴 적부터 이런 소질로 태어났으니, 다자이에게는 이 세상이라는 것이 통틀어 부조리덩어리로 보일 수밖에 없었다. 그럼에도 불구하고 이 세상을 그냥저냥 살아내야 한다면, 과연 그에게 어떤 길이 남아 있었을까.

특히 1945년의 패전은 일본 전체에 몰아닥친 엄청나게 커다란 사건이었다. 그때까지의 군국주의를 대신하여 새로운 민주주의라는 대의명분이 드러났을 때, 과연 다자이의 마음속에 어떤 변화가 일어났을 것인가.

'산다는 것. 살아남는 것, 그것은 매우 추하고 피의 냄새가 나는 지저분한 것이다'라는 문장이, 이 작가의 기본적인 관점이다. 어머니의 애정 없이 자라나면서부터 이 작가에게는 그것이 숙명 같은 것이었다.

1909년에 태어난 그는 1948년에 결핵이 더욱더 악화되었고, 한때는 당대의 총아(寵兒)로서 인기도 누렸지만 그 역할에도 차츰 지쳐갔다. 그러다 당시의 애인과 함께 같은 해 6월 13일 깊은 밤에 어떻게 보면 싱겁기 짝이 없게 이승을 마감하는데, 이 죽음도 무척 그다운 숙명이었음이 새삼 확인된다.

이호철

1909년(明治 42년)

6월 19일, 아오모리(青森) 현 가나기(金木) 414번지에서 태어남. 본명
은 쓰시마 슈지(津島修治). 아버지는 겐에몬(源右衛門), 어머니는 다네
(夕子). 11명의 자녀 중 열 번째 자녀, 여섯 번째 아들로, 맏형, 둘째 형
은 요절, 세 형(文治, 英治, 圭治)과 네 명의 누나를 둠(3년 후 동생(礼治)
출생). 그 밖에도 증조모, 조모, 숙모와 그 딸 네 명 등으로 이뤄진 대가
족 속에서 자라남. 쓰시마 집안은 아오모리 현의 대지주로, 가족과 하
녀를 포함한 30명이 함께 생활함. 작품 「추억(思い出)」에 나오는 유모
다케가 3~8세까지 오사무를 돌봄.

1916년(大正 5년) **7세**

가나기 제1심상소학교에 입학함. 모범생으로 잘 다님. 1920년 증조모
가 별세함.

1922년 13세

소학교를 졸업, 메이지 고등소학교에 입학함. 이 학교에서 소설 「친우교환(親友交歡)」 등에 나오는 고향 친구들을 많이 사귀게 됨.

1923년 14세

3월, 귀족원 의원이었던 부친 향년 53세로 별세. 4월, 아오모리 현립 아오모리 중학교에 입학함. 아오모리 데라마치(寺町)에 사는 먼 친척인 도요타(豊田) 집안에 하숙. 중학교 재학 시절인 1925년 3월 『아오모리 교우회지』에 발표한 「마지막 섭정(最後の太閤)」을 시작으로 작품을 왕성하게 발표함. 가까운 친구들과 동인지 『성좌(星座)』, 『신기루(蜃気楼)』를 만들었고, 1926년에는 큰형(文治), 셋째 형(圭治)을 중심으로 잡지 『아온보(青んぼ)』를 펴내기도 함.

1927년(昭和 2년) 18세

중학교 4학년을 마치고 히로사키(弘前) 고등학교에 입학함. 먼 친척인 후지다(藤田) 집안에서 하숙함. 이 무렵 이즈미 교카(泉鏡花), 아쿠타가와 류노스케(芥川龍之介)의 문학에 깊이 빠져들기 시작함. 7월, 흠모하고 있던 아쿠타가와의 자살에 강한 충격을 받아, 학업을 포기하고 기다유(義太夫)를 배우고 요정에 출입하며 우울하게 지내던 중 예기(藝妓) 베니코(紅湖, 본명 오야마 하쓰요(小山初代))를 알게 됨.

1928년 19세

동인지 『세포문예(細胞文芸)』를 창간, 편집함. 「무간나락(無間奈落)」을 쓰시마 슈지(辻島衆二)라는 필명으로 발표함. 이때 이소노가미 겐이치로(石上玄一郎)가 동인으로 가담했고, 그에게서 마르크시즘의 영향을 크게 받음. 칼모틴 복용으로 처음 자살 시도를 했으나 미수로 그침.

1930년 21세

4월, 도쿄제국대학교 프랑스문학과에 입학함. 셋째 형 집 근처에서 하숙(형은 당시 비합법 운동에 가담했다 사망함). 그해 가을 베니코가 상경했으나 큰형의 조언으로 장래를 약속하고 귀향시킴. 11월 28일, 별로 친분이 없는 카페 여급 다나베 아쓰미(본명 다나베 시메코(田部シメ子))와 가마쿠라에서 동반 자살을 시도했으나 여자만 사망함. 자살방조죄로 잡혀갔지만 기소유예로 풀려남.

1931년 22세

2월, 베니코와 도쿄의 고탄다(五反田)에서 동거 생활을 시작했으나 여의치 않아 여름, 가을에 걸쳐 두 차례나 이사함. 임시 필명인 슈린도(朱麟堂)로 정형시 하이쿠 짓기에 골몰했고, 비합법 좌익 운동에 가담함.

1932년 23세

거처를 전전하다 7월에 아오모리 경찰서에 자수함. 이후 공산주의 운동을 그만두고 소설 「추억」을 쓰기 시작함.

1933년 24세

2월, 아마누마(天沼)로 이사, 잡지 『선데이도오쿠(サンデー東奧)』에 「열차(列車)」를 발표함. 이때 처음으로 '다자이 오사무(太宰治)'란 필명을 사용함. 4월에는 후루타니 쓰나타케(古谷綱武), 기야마 쇼헤이(木山捷平)와 함께 동인지 『바다표범(海豹)』에 참가, 「어복기(魚服記)」, 「추억」을 발표함. 이 무렵 단 가즈오(檀 一雄) 등 여러 문우들과 친교를 맺음.

1934년 25세

4월, 동인지 『뜸부기(鷸)』에 「잎(葉)」을, 7월에는 같은 잡지에 「원숭이 얼굴을 닮은 젊은이(猿面冠者)」를, 10월에는 동인지 『세기(世紀)』에 「그는 옛날의 그가 아니다(彼は昔のかれならず)」 등을 연이어 발표함.

12월에는 동인지 『푸른 꽃(青い花)』 창간에 참여, 「로마네스크(ロマネスク)」를 발표함.

1935년 26세

2월, 『문예(文藝)』지에 「역행(逆行)」을 발표. 3월에는 미야코신문사(都新聞社) 입사 시험에 응시했으나 낙제함. 중순경 가마쿠라에서 익사 자살을 다시 시도했으나 실패, 도쿄제국대학을 중퇴하고야 맒. '일본 낭만파'에 가입하여 「어릿광대의 꽃(道化の華)」을 발표함. 4월에 맹장염이 복막염으로 번져 시노하라 병원(篠原病院)에 입원, 7월까지 요양 후 후나바시(船橋)로 전지 생활을 이어갔으나 파비날 중독으로 고생함. 8월, 소설 「역행」이 아쿠타가와상 후보작에 오르나 2등으로 낙선(다자이 오사무는 이에 크게 좌절한 것으로 알려져 있음). 병중에도 용기를 내어 불과 석 달 동안에 소설 네 편(「원숭이 섬(猿ヶ島)」, 「다스 게마이네(ダス・ゲマイネ)」, 「도적(盗賊)」, 「지구도(地球図)」)을 발표. 『일본 낭만파』지에 수필 「생각하는 갈대(もの思ふ葦)」를 연재함. 이때 제자이며 소설가인 다나카 히데미쓰(田中英光)와 편지 교환을 시작함.

1936년 27세

1월, 『신조(新潮)』지에 「장님 이야기(めくら草紙)」를 발표함. 「생각하는 갈대」가 큰 인기를 얻어, 여러 잡지에 같은 제목으로 분산 발표하게 됨. 『일본 낭만파』에는 새로이 수필 「벽안탁발(碧眼托鉢)」의 연재를 시작함. 2월 10일, 파비날 중독이 재발하여 사이세이카이(済生会) 병원에 입원, 열흘 뒤인 20일에 완치되지 않은 상태로 퇴원함. 한 달 만에 두 편의 소설 「도깨비불(陰火)」, 「암컷에 대하여(雌について)」 발표, 6월에는 최초의 창작집 『만년(晩年)』을 스나코야서방(砂小屋書房)에서 출판함. 7월에는 『문학계(文学界)』에 「허구의 봄(虚構の春)」을 발표하는 등 왕성한 창작 의욕을 보였으나 기대했던 제3회 아쿠타가와 문학상에서 낙선했다는 소식을 듣고 잠시 충격에 빠짐. 곧 단편 「교겐의 신(狂言

の神)」, 「갈채(喝采)」 등을 발표했으나 주변의 권유로 10월에 무사시노 (武藏野) 병원에 입원, 파비날 중독을 치료받음.

1937년 28세

1월, 퇴원 후 두 달 만에 단편 「20세기 기수(二十世紀旗手)」 발표. 3월에 또다시 입원. 베니코와 다니카와(谷川) 온천에서 칼모틴을 복용하여 동반 자살을 시도했으나 미수에 그치고 맒. 귀경 후 베니코와 이별함. 4월에 「Human Lost」 발표. 6월에는 신조 출판사에서 소설집 『허구의 방황(虛構の彷徨)』 출판. 10월에는 아마누마로 거처를 옮기고 「등롱(燈籠)」을 발표함.

1938년 29세

9월, 「만원(滿願)」 발표, 스승 이부세 마스지(井伏鱒二)의 초대로 야마나시(山梨) 현의 덴카차야(天下茶屋)에서 장편 『불새(火の鳥)』 집필에 착수함(이 소설은 결국 미완으로 남음). 10월에 「노파 버리기(姥捨)」 발표. 11월에 하산하여 고후(甲府) 시에서 하숙함. 이때 많은 수필을 발표함.

1939년 30세

1월 8일, 이부세 부부의 중매로 야마나시 현 쓰루(都留) 고등여학교 교사인 26세 이시하라 미치코(石原美知子)와 결혼식을 올리고 고후 시에 살림을 차림. 2월에 「I can speak」, 「후지 산 백경(富獄百景)」, 3월에 「나태의 가루타(懶惰の歌留多)」, 「황금풍경(黃金風景)」을 잇달아 발표하여 호평을 받음. 「황금풍경」으로 발표지인 「국민신문(國民新聞)」에서 수여하는 단편 콩쿠르를 수상함. 4월에 「여학생(女生徒)」 발표. 6월에 아내 미치코와 나가노 현 신슈(信州)를 여행함. 「벚꽃잎과 마술 피리(葉桜と魔笛)」 발표. 7월에는 단편집 『여학생』이 출판됨. 소설 「팔십팔야(八十八夜)」, 「미소녀(美少女)」, 「아, 가을(ア, 秋)」을 발표함. 9월, 도쿄 미타카(三鷹) 시모렌자쿠(下連雀) 113번지의 셋집으로 이사함(전

쟁 전후를 제외하고 사망할 때까지 이 집에 머묾). 10월에 「축견담(畜犬談)」, 11월에 「피부와 마음(皮膚と心)」 발표, 12월에 『사랑과 미에 대하여』를 출판함(5월에 출판한 것을 고침).

1940년 31세

작가로서의 지위가 다져지면서 작품 발표가 늘어나기 시작함. 1월에 「여자의 결투(女の決闘)」 연재를 시작, 「세속 천사(俗天使)」, 「형(兄たち)」(발표 당시 제목은 "美しい兄たち"), 2월에 「직소(駆込み訴え)」, 5월에 「달려라 메로스(走れメロス)」를 발표했고, 창작집도 이해 전반에만 두 권(『피부와 마음』, 『추억』)을 출판함. 경제적인 여유가 생겨 온천 휴양지도 자주 찾았고, 강연 청탁도 많아짐. 니가타(新潟) 고등학교에서 청소년을 위해 강연했으며, 문인들의 친목회인 '아사가야회(阿佐ヶ谷會)'에도 자주 초청됨. 12월에 『여학생』으로 기타무라 도코쿠(北村透谷) 문학상을 수상함.

1941년 32세

1월, 수작으로 거론되는 「도쿄팔경(東京八景)」 발표, 5월에 같은 제명의 단행본이 출판됨. 7월에 『신햄릿(新ハムレット)』이 출판되었고, 8월에도 단행본 두 권(『지요조(千代女)』, 『직소』)이 출판됨. 6월 7일, 장녀 소노코(園子)가 태어났고, 모친 병문안차 10년 만에 고향 가나기의 생가를 방문함. 11월에 문인 징용령에 의해 징발되었으나 흉부질환으로 면제 처분을 받음. 12월 8일, 태평양전쟁으로 전시체제에 접어듦.

1942년 33세

3월, 이전 해부터 써온 「정의와 미소(正義と微笑)」 탈고. 단편집 『알테 하이텔베르크(老ハイデルベルヒ)』, 『여성(女性)』 등 출간. 9월부터는 점호 소집도 자주 받았고, 10월에 『문예』지에 발표한 「불꽃놀이(花火)」(후에 "일출 전(日の出前)"으로 제목을 바꾸어 발표함)가 시국에 맞지 않는

다는 이유로 전문 삭제 명령을 받음. 모친이 위독하다는 소식을 듣고 아내, 딸 등과 함께 귀향함. 12월 10일, 모친 향년 70세로 별세함.

1943년 34세

1월, 「금주하는 마음(禁酒の心)」, 「고향(故郷)」, 「오손선생언행록(黄村先生言行録)」발표. 어머니의 삼오 법요 제사에 참석하기 위해 처자와 일시 귀향. 3월에는 처가에서 장편 「우대신 사네토모(右大臣実朝)」를 완성, 9월에 단행본으로 출판함. 10월에 「종달새의 소리(雲雀の声)」를 완성했으나 검열을 우려하여 출판을 연기함(이듬해 출판하게 되었으나 인쇄소가 공습을 당해 출판 직전의 책들이 소실됨. 1945년에 출판된 『판도라의 상자(パンドラの匣)』는 이 작품의 교정판을 바탕으로 한 것임).

1944년 35세

1월, 「길일(佳日)」발표. 도호(東宝) 영화사로부터 이 작품의 영화화 제의를 받아 아타미 호텔에 칩거하면서 시나리오 작업을 함. 이는 "네 번의 결혼(四つの結婚)"이라는 제목으로 9월에 개봉되어 호평을 받음. 내각 정보국과 문학보국회의 의뢰를 받아 루쉰(魯迅) 전기를 집필하기 위해 연구를 시작함. 12월에는 루쉰의 센다이(仙台) 시절 사적을 답사하기 위해 센다이를 비롯한 동북 지방을 여행하고 집필을 시작함. 정부였던 베니코가 중국 칭다오(青島)에서 32세의 나이로 사망함.

1945년 36세

2월, 루쉰 전기인 『석별(惜別)』탈고, 9월에는 아사히신문사(朝日新聞社)에서 출판. 3월, 공습경보 아래서도 「옛날이야기(お伽草子)」를 집필하기 시작, 6월에 완성함. 3월 말에 처자를 아내의 고향인 고후로 보내고 홀로 도쿄에 남았으나 4월에 공습으로 집이 파손되어 처가로 피난함. 7월에는 고후의 집도 공습으로 전소되어 7월 말에 처자와 함께 고향 가나기로 피난함. 8월 15일, 고향에서 종전 소식을 들음.

1946년 37세

패전 후에 다시 활약하려는 의욕을 보이며 한 해 동안 15편의 작품을
발표함. 12월, 「겨울의 불꽃놀이(冬の花火)」가 도게키(東劇) 무대에서
상연될 예정이었으나 맥아더 사령부에 의해 금지됨.

1947년 38세

1월에 발표한 「메리 크리스마스(メリイクリスマス)」를 필두로 이해에 열
편의 작품과 『겨울의 불꽃놀이』, 『비용의 아내(ヴィヨンの妻)』, 『사양(斜
陽)』을 내는 등 창작에 열을 올림. 2월, 오오타 시즈코(太田靜子)를 방
문하여 일주일간 머묾. 『사양』 집필 시작. 3월 하순에 1, 2장 탈고. 3월
에 미타카 역전의 포장마차에서 전쟁 미망인이었던 야마자키 토미에
(山崎富栄)를 만남. 3월 30일, 차녀 사토코(里子)가 태어남. 같은 해에
오오타 시즈코와의 사이에서 태어난 딸의 존재를 알게 되어 하루코(治
子)라고 명명. 6월에 『사양』 탈고, 7월부터 『신조』지에 연재를 시작함
(10월에 완료). 12월, 『사양』 출간, 베스트셀러가 됨.

1948년 39세

1월, 「범인(犯人)」, 「향응부인(饗応夫人)」, 「술의 추억(酒の追憶)」 발표.
2월에는 배우좌 창작극 연구회 제1회 공연 작품으로 「봄의 마른 잎(春
の枯葉)」이 명연출가 센다 시야(千田是也)의 연출로 성황리에 공연됨.
3월에는 『다자이 오사무 수필집(太宰治随想集)』이 호평 속에 판매되었
고, 「여시아문(如是我聞)」이 『신조』지에 연재되며 문단을 놀라게 함.
아타미(熱海) 온천에서 『인간실격(人間失格)』 집필 시작, 5월에 탈고,
6월부터 『전망』지에 연재 시작(제2회 이후의 원고는 사후에 발표됨). 4월,
「다자이 오사무 전집」이 간행되기 시작. 이후 계속 집필에 골몰하여
「철새(渡り鳥)」, 「여류(女類)」, 「앵두(櫻桃)」 등을 주요 문예지에 발표
하였으며, 「아사히신문」에 「굿바이(グッドバイ)」를 연재하기로 약속하
고 10회 분량의 원고를 넘김. 엄청난 작업량으로 인한 피로 때문에 졸

도하기도 하고 이따금 각혈하기도 함. 6월 13일, 깊은 밤 야마자키 토미에와 함께 다마 강 상류(上川上水)에 몸을 던져 세상을 떠남. 이달의 문예지에는 그의 작품이 세 편 게재되어 있었음. 비가 하염없이 퍼붓는 가운데 수색 작업이 계속되었고, 19일에 시체가 발견됨. 21일에 시구를 자택에 안치하고 문인들에 의한 장례위원회의 주관으로 엄숙히 고별식이 거행됨. 7월 18일, 미타카의 젠린지(禪林寺)에 안장됨.

옮긴이 이호철 | 분단의 아픔과 이산가족 문제 등 남북문제를 작품화해온 대표적 분단작
가이자 탈북작가. 1955년 단편소설 「탈향」으로 황순원에 의해 추천되어 등단했고, 「판
문점」으로 현대문학상을, 「닳아지는 살들」로 동인문학상을 수상했으며 1998년에는 대
한민국 예술원상을 받았다. 주요 작품으로 『남녘 사람 북녘 사람』, 『소시민』, 『남풍북
풍』, 『서울은 만원이다』 등 다수. 역서로 다니자키 준이치로의 『만(卍)』. 시게모토 소장의
어머니』(공역), 다자이 오사무의 『사양』 등이 있다.

사양

초판 1쇄 발행 2014년 10월 10일
초판 2쇄 발행 2018년 7월 20일

지은이 다자이 오사무
옮긴이 이호철
펴낸이 정중모
펴낸곳 열림원

출판등록 1980년 5월 19일(제406-2000-000204호)
주소 경기도 파주시 회동길 152
전화 031-955-0700 | 팩스 031-955-0661~2
홈페이지 www.yolimwon.com | 이메일 editor@yolimwon.com

ISBN 978-89-7063-812-6 04830
ISBN 978-89-7063-810-2 (세트)
● 책값은 뒤표지에 있습니다.

이 도서의 국립중앙도서관 출판예정도서목록(CIP)은 서지정보유통지원시스템 홈페이지(http://seoji.nl.go.kr)와
국가자료공동목록시스템(http://www.nl.go.kr/kolisnet)에서 이용하실 수 있습니다.(CIP제어번호: CIP2014027744)